别忘了，你是歌者。

据说有持灯的使者，他们是人类思想启蒙者。

你没有灯，只能去寻灯。

你是寻灯的歌者，寻找内心燃起的智慧之灯。

寻灯的歌者

Xundeng de Gezhe

田恩铭 著

北方文艺出版社

图书在版编目（CIP）数据

寻灯的歌者 / 田恩铭著. -- 哈尔滨：北方文艺出版社，2015.12

ISBN 978-7-5317-3542-7

Ⅰ. ①寻… Ⅱ. ①田… Ⅲ. ①散文诗 – 诗集 – 中国 – 当代 Ⅳ. ① I227

中国版本图书馆 CIP 数据核字（2015）第 290453 号

寻灯的歌者

Xundeng de Gezhe

作 者 / 田恩铭

责任编辑 / 聂元元　袁　洁

装帧设计 / 袁 洁

出版发行 / 北方文艺出版社

网 址 / www.bfwy.com

邮 编 / 150080

经 销 / 新华书店

地 址 / 黑龙江现代文化艺术产业园 D 栋 526 室

印 刷 / 北京凯达印务有限公司

开 本 / 787 × 1092　1/32

字 数 / 130 千

印 张 / 6.75

版 次 / 2016 年 1 月第 1 版

印 次 / 2016 年 1 月第 1 次印刷

书 号 / ISBN 978-7-5317-3542-7

定 价 / 28.00 元

目录

序　曲

这些文字令我想起明丽的春天，

红花绿树，月姿翩翩，

没有河的水，消沉在昏睡的岸边。

那时候，我给每个字眼，系上一条飘忽的红绸子。

绚烂的风，驰骋在相知的树旁，迷恋我们倾听的耳畔。

素昧平生的诗们，环绕在我们的周围，自由旋转。

生生世世都有人为你度日如年。

第一辑　唐音余韵

一叶落下，古典的寒意落下。

飘去的秋天躺在谁的怀里?

我想从顺风的一面去追赶，阳光并没有躲起来。

诗人的背影翩翩而至。他们写下的文字备我下酒，酒后的秋夜寂静而温暖。

于是，我想从诗句中采撷几许绿色，装点空白的纸页。

此刻，阳光并没有躲起来。

一叶落下，古典的暖意落下。

野　望

看你的样子如此憔悴，酒意褪后的余韵还在。

前朝梦忆中牧童的笛子依然是旧颜色？

奏出的曲子哀怨多一些还是凄凉多一些？

曲高和寡，你登上东皋，暮色迷茫中透着亮光。一半被遮掩，一半显现出来，看看周围，属于你的空间还不到一半。

举起酒杯，无枝可依的鸟儿飞来飞去。哪一只最愿意和你说话，停在酒杯上啄一口，以示对你的仰慕？

你笑了，酒杯里流动着想飞的心情。

采莲曲

校园人工湖的莲花开了，

每次走过，你都停下来，看看她在水中的样子。

古典的意象开始涌动。

采莲的女子不来，远处的游鱼不来，婉转的歌声不来，荷塘月色下的诗人只好回家了。

闭门思过。

待柳梢头的月亮看你，像看情人的眼泪，像看沉落的夕阳。

寂寥的校园只剩下这几朵莲花和你说话。

你数着她们的颜色度日。

一旦她们缄默，你就会坐在书桌前，写采莲女的梦呓。

白头吟

青丝与白发隔着时间。

她愿意和你一起卖酒，斟满一杯，看你的文章在空中飞舞。

舞毕，就是温情的对视。

花落春就去了。你的手里掬一捧花瓣。

青春的颜色渐褪，凝视你的目光移开。

你的舞姿还在，骑马倚斜桥的过客还在，写诗的人还在。

就这样看着你，像看飘动的炊烟，像看迷途的老马。

就这样看着你，谁也不许转移视线。

往事浮上来又沉下去。

黄昏的鸟雀叫着叫着，飞走了。

春江花月夜

幽静恬美的夜晚，我们独坐。

幽静恬美的夜晚，你独坐。

幽静恬美的夜晚，我独坐。

潮水舞动，在大海的怀抱里。

明月升起，月光沿着广阔的海面延展。

江水在月光下流动。没有风，原野花草丛生，除了静谧还是静谧。

月光倾泻在花树上，像洒上一层洁白的霜。

江天一色，只有一轮孤月那样分明。

谁最先在江畔凝望月亮？

谁的身上最先披满江畔的月光？

江水曲曲弯弯，这轮明月究竟为谁而存在？

月色撩人，江水随之流动。

白云一片一片飘浮着，清风甫经受不了那么多的愁思。

走的走了，来的来了。

执手相看，泪眼定格为黄昏的符号。

游子已乘舟远去，明月楼中想念的人啊，在月光下种植无尽的思念。

楼上的月徘徊，人也徘徊。

远方的游子期待早日归来，闺中的女子望眼欲穿。

江水流动，春天就要过去了。

月要西落，不知谁会迎着落月归来。

月光把一腔幽情带入到满江树影之中。

凉州词

没去过那个地方也可以写诗。

写诗的人对那个地方神往。

唱一分悲壮，唱一分豪迈，唱八分思念。

醉卧沙场的不是战士。

羌笛响起，面对月光的不是诗人。

喝一口六十度白酒，我也深受刺激，于是，布下文字的风景寻你。

写诗的人，边塞的风很硬。

吹破了玉门关，就会殃及池鱼。

弹琵琶，吹笛子，闲情升起。

与战斗的号角相比，这种娱乐过于奢侈。

刀枪入库，谁来扶起马嵬驿倒下的杨妃？

酒喝多了，就会摇晃，就会把心里话说出来。
话说多了，战斗力就要减弱。
武士不能多情。

我没去过凉州那个地方，
只是在呼伦贝尔草原心惊胆战地骑一会儿马，
差点掉下来。

去过那个地方的人不一定写诗。
写诗的人已经在那里悲壮地长眠。

感　遇

兰桂飘香，美人还在深谷遥望什么。
想起做飞熊梦的周文王，钓鱼的志在钓一个知音。
想起做蝴蝶梦的庄周，梦醒后叩问存在的风景。
看风景的人不在桥上，而是在等待的途中。

古人的故事还要追寻。
来者的踪迹还要追寻。
如果前后无人，巨大的孤独感就会滋生，
犹如武功绝世的侠客找不到立足之地。
这个地方一定要有人，而且有高手。
打败他，你才能站得更稳。

想象的图景，你的十八般兵器已经摆好，
选择任何一种都游刃有余。
对手已经准备上场，你施展的机会来了。

于是，歌声先是响起。

你肃立倾听，定好胜利的调子。

范蠡与西子偕隐是最理想的结局。

兰桂飘香，美人还在深谷遥望什么。

一旦走出深谷，身在庙堂，

你会祭奠居留山中的日子，那些花儿，那些草儿，并没有更多的祈望。

梦如果破灭，祈望的永不复返。

行路难

离开家，我走了两个小时。

摸摸兜里的两元钱，继续向前走还是坐车回去成为一个难题。

直到现在，时常拿出镜子，照照。

我坐在小店的门槛，难以抉择的场景。

为什么刹那间选择了退缩？

行路难，说的是行路的人。

行路难，说的是眼前的路。

不爱行走的人，望路生畏的人，不要怕。

其实路走一走就熟了，人一旦上路也就无须回头了。

李白就是一个找不到路的人，总是误入歧途，然后寻找解脱的出口。

可是他天真，他要浪漫地闯入官场。

该喝酒喝酒，该写诗写诗。

写完这首诗你就向官场进发。

写完这首诗你就从官场收身。

与官员同在，就要去游说，看看主人翁的脸色行事。

与云霞同在，或者去耕田，看看陶渊明放出的归鸟。

游子吟

母亲都不爱蒸馒头了，对面的馒头店只需要两分钟就可以往返一次。

她喜欢静静地坐在沙发上，向我讲述我过去的样子。

故事还很年轻，母亲老了。

我已不再年轻，母亲老了。

母亲老了，希望我在她的身边，听她讲关于我的故事。

我匆匆见她一面，要赶回来爬格子。

写母亲看不懂也不想看的文字。

写我能看懂却不想看懂的文字。

这些文字太老，太丑陋，与母亲的故事相比。

每次回家像是一次短暂的旅行。

小时候母亲缝的衣服穿在身上很暖，

爬树的过程中就撕裂了，不敢回家。
其实，回去也就是训几句，
再一针一线地缝好。

故事没有继续轮回。
妻总是在网上订购，试试大小，孩子就穿上。
补个扣子算是奢侈的事情。
故事可能以另一种方式继续，
那要等孩子长大，走出去，再回来。

闺　怨

君怀良不开，待字闺中，你就不会有怨。

好在不是深宫里，那个人离你不远，

也可能一生难得相见。

你独自感受吹过的风，独自说话，风成为你的信使。

信能否传出去无所谓了。

你真想把思念的人困在这里，让他陪你到老。

他是男人，男人就是要闯世界，给你安全感。

只是他走了，你的安全感一同消失，

剩下孤独伴你左右。

来来往往的人，你都不理。

月亮升起来，你和月亮说话。

太阳落下去，你和黄昏说话。

暗夜到来了，你和萤火虫说话。

说那个男人孤独的样子，

说雾起时一片迷茫，

说天已凉，秋天到了。

说完就倚枕而眠，梦里与他相见。

饮中八仙歌

从酒宴归来，老杜睡不着觉。

爱喝酒的人真是可爱啊，

他们喝多了就会原形毕露。

掉到井里的，对酒当歌。

挥笔疾书的，借酒述怀。

醒的羡慕醉的。

如果没有酒，他们不会打动老杜，不会在他的诗里集合。

如果失去盛唐气象的背景，他们分别出现，故事就要重写。

哥们儿，好久没见了，咱们坐在烧烤店，说上几句心里话。

你在官场，我在书山，借着酒劲称兄道弟。

两伙人因为谁先上厕所打起来了，

老板报警后，警察来了。

故事一波三折，喝酒的劲头在喧嚣中荡然无存。

走出烧烤店，老杜也许就会愤激地写朱门的酒肉生活。

写他扣富儿门的辛酸，写他奔赴行在的苦旅。

文字铺排开来，终止在一条船上。

斯人独憔悴。

登　高

居高声自远，那是蝉的姿态。

登高以望远，那是你的心态。

风急天高正是你要的布景。

猿声不断，符合你此际的情境。

这是秋天，悲凉的秋天，你在秋天感到悲凉。如果换成春天，你就会继续说感时花溅泪，季节成为你驱使的小卒。

读这首诗，我想象你的样子，一定是白发苍苍，满脸苦相。

王摩诘登高想念亲人，杜牧之登高厌倦尘世，范仲淹登高胸怀天下。

你登高是因为百年多病，一杯酒还没喝完，眼泪就止不住了。

和秋天对垒，想想晴空的那只鹤飞得多高啊！

你想念的李白已经在秋天走远。

你想念的郑虔已经在秋天走远。

剩下你寻寻觅觅，在秋天歌唱，密实的韵脚从大唐落下。

点缀在我眼前的纸页间。

佳　人

乱世中独居的美女，困惑身份的迷失。

翠竹丛里的身影显现出往昔的贵气，零落如草木，回归自然的感觉消解不了纸迷金醉的日子。

回忆，回忆，幽居空谷中的你讲起故事来如泣如诉。

汉武帝和李夫人的故事从人间转到了天上。

传下来，传下来。

倾国倾城的分量在时间的鼓吹下依然如旧。

家族的荣耀已然成为过去，剩下你，成为遗弃的孤儿。

躲在这里，外面乱世的风云变幻。

我们的诗圣听说了你的故事，他不断地感慨自己的流落，而你和他一样，找不到归依的处所。

于是，他的笔下开始生辉。

把自己的影子装进来，发出命运无常的叩问。

佳人如老杜，老杜似佳人。

那些秦妇汉女，风花雪月的时候都是一样的感伤，淡淡如烟。一旦礼崩乐坏，同样会哀怨又彷徨，她们身不由己，行走在奔波的路上。

壮　游

游到齐鲁，游到燕赵，你看山的时候，想“会当凌绝顶”的图景，你看水的时候，想“月涌大江流”的情态。

游到长安，你开始沉思。曲江水边的丽人，长安贵人的宴会，都让你视野宏阔。和高适、岑参、储光羲相遇，你们登上大雁塔。你看见飞翔的黄鹄，突然悲从中来，一句“哀鸣何所投”告诉我们所过的无枝可依的生活。

我去大雁塔的时候，大唐的踪迹已经难以寻觅。大雁塔上面小儿到此一游的字迹斑斑可见，我选择你站立的姿态，故意眉头紧锁，想找找忧患者的诗意。

可是，朋友们满心欢喜地照相，摸摸玄奘的雕像，仿佛都从极乐世界归来。

我得与他们合拍。

原来你的忧伤过早地淹没了快乐，承担了时代赋予的一片闲愁，你的步履如此沉重。

此曲只应天上有，不知道你是否欣赏过王维的乐器表演。

飞扬跋扈为谁雄，知道你羡慕李白喝酒待人赋诗的大度坦荡。

盛唐气象在你的身后回响。

你多想像自在啼叫的娇莺一样，找到栖居的大树做个安乐窝。

你在长安的四周游荡，长安大道通向四方，就是没有你的出路。

你的大赋献给皇帝以后，烽烟四起。

逃难，离职，奔波，长安的月色黯淡下来。

躲在草堂里，你写清新的诗。也喝点酒，说点胡话，和严武发火。

酒醒之际，你会想起壮年的往事，唏嘘不已。

长恨歌

诗人洛夫曾经写过一个长篇，笔下李杨爱情的情节疯长，绿草丛生，掩映其中的是对纯情的渴望。

李隆基是个皇帝，皇帝就要上朝，就要议事。

前朝和后宫之间剪不断，理还乱。

把儿媳妇纳入后宫，故事的主人公并没有改变。

一人得宠，家里人都跟着沾光，谁也没去想树倒猢狲散的那天。

老杜的诗写过杨家人炙手可热的镜像。

杨玉环的霓裳羽衣舞跳到了高潮部分，舞破中原，戛然而止。

逃难的时候，皇帝就顾不了许多。

江山要紧，美人的结局可想而知。

当一切成为往事，皇帝才会在失眠的时候，想起逝去的孤魂，才会让神仙道士作法招魂，找来的也是梦幻的影子。

这个影子只是回忆的资本，失落之际为之哭个三两声。

有一天，陈鸿和白居易相遇，聊聊天，关心国事的年轻人激情勃发。于是，要把过去的故事变成现实的样板。《长恨歌》应韵而生，读着读着，陈鸿也痒痒起来，把白居易的诗情转化为叙事的小说家言。

我这样说一遍觉得很枯燥，也很窘丧。

这是真实的背景，信不信由你。

至于历史的现场，史家都描绘不出来。一些细节，只有当事人看过，即使他们说过也随风而逝了。

当你老了，回想的故事可能是另一个版本。

你会为自己的背叛找各种理由。

理由是说给自己的，

希望故事里面没有自己的影子，说别人的故事就轻松多了。

我们不能成为消逝的青年，也不能成为愤青。

只有皇帝才能娶到杨玉环，才能和她共舞。

仔细想想，歌舞停下来，

乐师手下的最后一个节拍，一定是盛唐气象最后的韵脚。

从军行

如果有足够的能力去搏击长空，谁愿意躲在书斋里，写纸上的刀光剑影？

如果刻意地指点江山，还会像东坡一样，身陷乌台生死难测。

连李贺都想带上吴钩去建功立业，引弓射猎，少年亦有武夫狂。

想起小时候，伙伴们分成两伙。八路军和日本鬼子，八路军威风八面，鬼子则落荒而逃。

拿着棍棒追杀的场景现在还记得。

大学毕业，曾经戴着眼镜想去当兵，想想要站军姿胆怯了。

其实，去了也会被拒绝，视力太差。

戎马生活能够一展怀抱。

当兵的人在战场上，他们可能还来不及举起兵器，就与现世告别；他们可能饿了三天三夜，还要准备打仗；他们会在与对手的厮杀中忘却生命的存在。

帐下歌舞的美人与他们的大多数无关。

平安回家才是他们的祈望。

诗人羡慕当兵的人，一句马上相逢无纸笔，写出飒爽英姿。

当兵的人成为诗人，一句天下谁人不识君，写出英雄风采。

诗人在战场上喝多了，古来征战几人回，那豪气干云而上。

诗人在边塞待久了，今夜曲中闻折柳，故乡的月色涌上心头，暖意中，也会发出不破楼兰终不还的誓言。

宫　词

唐朝的诗人们总爱提笔写这样的题目，深宫成为咏歌的对象，也是讳莫如深的地方。这个地方不是谁能进去的，进去的不知什么时候能出来。

进去的方式是一样的，出来的结局各式各样。这里面有侍女，有宫女，有常在，有才人，有嫔妃，有皇后，还有伺候她们的太监。

我知道上官婉儿，以宫女的身份成为嫔妃。

她的故事常常和武则天联系在一起。

武则天和李世民究竟算不算夫妻关系呢？

感业寺是个好去处，从那里再出来就不一样了。

武媚娘成为掌管后宫的人，只是这还没有结束，她和丈夫一起上朝。后来，她自己直接上朝了。

如果我们这样推论，后宫是出人才的地方，有些女性不仅管住男人，还能取代男人。不过，这里也是战场，有男人参与的女性的争斗场，她们适者生存，明处暗处都暗藏玄机。

她们没有朋友，“鹦鹉前头不敢言”说的是所有住在这里的人们。

锦衣玉食与香消玉殒连在一起。

欢声笑语与笑里藏刀连在一起。

设了三宫六院，皇帝的快乐在哪里?

他会有很多孩子，他会有很多女子。

宫女们望着墙外的一角天空，会想起童年的往事。

童年或许早已消逝在记忆中。

诗人为她们写诗的时候，请让皇帝打开大门，她们会在门口留个影，然后消失在历史的册页里。

无　题

不期然的相遇，记住彼此的名字，下次见面，爱意滋生。

邻家少女的眼神很有诱惑力，让你情不自禁地写诗，写诗的时候，心灵的呼唤已经发出。

怎么写呢？用最诚意的誓言，将生死系在爱情的丝线上，自己相信是真的。

别人以为你疯了。

你的世界一下子变小，爱情的温度骤然上升。

冷水一瓢一瓢地从头顶浇下来，无济于事。

爱情不需要选好主题来写，碰上了，对上拍，就意味着开始。

酒会上的相聚，游戏最适合调情，互相看上几眼，心有灵犀。

夜空的星光点亮爱的火焰。

除了表白，你不会说话。说出来的话连不到一起，选个题目，也只好称为无题。

无题可是有内容。一寸相思，一分记忆，总和使用的意象有关。

燃烧的蜡烛，远处的蓬山，飞来的青鸟，汇聚在爱情的河流里，推动着故事的延续。

邻家少女的眼睛打动你，女道士的温情感化你，庄周的梦迷惑你。

你走过的路上仅仅留下一串脚印，巴山夜雨，与人对话的时候想起相似的图景。

一点一滴，散入文本。

渔　翁

独自找个地方，过着与世隔绝的生活。

躺在大自然的怀抱里，尘世的规则可以无视。

渔歌唱起，欸乃一声，山水就绿了。

或者倾听山水独奏的音乐，江上数峰就更青了。

池塘里的鱼自在地游着。

一旦有人撒下钓钩，躲过诱饵的鱼不多。

钓鱼的人正是渔翁，他们知道水里游鱼的习性，你藏得深，他就等你憋不住后浮上来再下手。

钓鱼的人目的不一定在鱼。

只要你往水边一站，有人看见你，有人看不见，

看见你的就会记得你，记得你惬意的样子。

把鱼钩放在冰面上，与江雪同在。

享受孤独之际，抬头看天边的浮云。

落日下，故人都已走远。

写首诗寄给他们，他们展卷读来，

想象的空间里，你登高远眺，散上峰头望故乡。

李　白

岐路多，你也要选一条开始跋涉。

有人说你是胡人，有人说你是汉种，你是文化融合的使者。

从碎叶来，到长安去，酒入愁肠，豪气和剑气让现代诗人们感叹不已。

那么多人崇拜你，那么多人敬佩你。

仰天大笑，你迈入长安的大门。

门里一片景象，门外一个世界。

你笑傲江湖的姿态不改。

帝王玩得兴起，让你写诗，写他的美人的撩人之处。

这些活动让你骄傲，让你厌烦，让你失望。

于是，你把酒中仙的形象演绎得栩栩如生，平步青云的梦想渐去渐远。

抽刀断水，时间的河流并不停止。
卷走了泥沙，也卷走了珠玉。

你隐遁而去，山花烂漫中与人对酌，琴声悠扬。
一场战事扰乱了你的心绪。
你出山了，很快就成为历史事件的背叛者。
夜郎风雨交加，你的船航行在悲壮的路上。

千里的距离也只要一日即可归来。
你依然不服老，像传说中捉月亮的孩子。
成为战士的愿望还在。
可是，你真的老了，喝点酒就困倦无比。
这个被称为诗仙的人躺在石头上睡着了。
月光照耀下，他永远睡着了。

柳宗元

长安的月色真美，你只顾着追逐。

追着追着迷途了。

一纸诏书，就要远行。路途漫长，你从长安出发了。

一座城市的名字伤在心上，

渐渐尘封的那段往事写在纸上。

长安大道装不下你的故事。

只是这次交通事故让你隐去，隐在寺院里。

你踱步到屈原的故乡，被迫选择焦虑，选择让自己快速燃烧。

然后，捧着灰烬，书写世界未来壮观的图景。

大道如青天，你的出路在哪里？

亲人一个一个被目送走远。

你的孤独从永州延续到柳州，

散上峰头，散去了。

远望若即若离的前途，你不断写信，说着说着，满纸辛酸。

好在还有一张饼，让你画出蓝图。

柳宗元，你的沉默，你的辉煌，成为一生的两个段落。

如果谱成曲，曲高和寡，从高音到低音的巨变也会难倒后来者。

韩　愈

你模糊的眼神，闪烁着执着的亮色。

想看清这个世界的人，打开《孟子》，打开通向思想的窗口。

云来云往，宦海浮沉。

前线的一场战争成就了你，文字写在碑上又被磨平，你的性情经得起打磨。

佛音缭绕中你屹立不倒，一阵波涛就被卷到了潮州。

熄灭心灯的路径一片暗黑，你从山石间找到通途，看逝去的风景。

你踏上大道，没有星光，只有三三两两的信众和你同行。

祈祷吧，龙虎榜上的名字正在淡去。

往事随波逐流，你浮出水面。

写给侄子的诗，是空中的足音，响了一阵又散了。

你是韩昌黎，草色中遥看的张十八员外向你发难，向你叩拜。

你开始了一次次论战，一字一句都是师者的本色。

扶摇直上，你依然不熟悉官场的潜规则，

依然在月色中徘徊。

寻路者，请快快醒来，

千万别随之睡去。

李　贺

油壁香车，苏小小来了。

你把写好的诗揣在兜里，期待一场艳遇。

小毛驴驮着你，去寻找生命的影子。

遇见马，你想要快走，去追赶秋天。

女娲炼的石头居然抵挡不了雨的诱惑。

意象，意象，意象，你的记忆里，诗的灵魂迷失了。

梦倒是一个接一个地来。来得快去得也快。

你收获的成果只有诗，装在锦囊里发酵，而后黑云压城。

你把很多故事都写进文本，让它们替你说话。

你终于住进梦里，等待神仙的召唤。

杜　牧

住在青楼的诗人啊，你醒来了。

坠楼的绿珠已经从金谷园复生，爱情的魔力惹人疯狂。

你写了很多女性的故事，

笔锋一转，历史的烽烟正在升起。

楼台烟雨中的寺院已经作古。

赤壁残余的铁器已经无法复原战斗的图景。

你只能想象，项羽死而复生的可能性。

坐在书桌前，研究兵法，建议一条一条地陈列在纸上。

点缀在山水间，为你的仕途布景。

深一脚，浅一脚，你的洒脱还在。

浅一脚，深一脚，你的忧虑还在。

你的诗在时间的峡谷里回响。

商女歌唱完毕，将菊花插满头，那是绚烂的青春往事。

吹箫的玉人站在月光的深处，为江南的秋天演奏安魂曲。

你有处安身，无处安心。

站在阿房宫遗址的门口徘徊，看鸟来鸟去，悟人歌人哭。

时间定格在历史的瞬间。

韦　庄

洛阳的亲友不回来了，你的孤独渗入酒里。

一声“呵呵”，言有尽而意无穷。

六朝烟水，隔断了大唐日暮时分的光线。蜀道上，烽烟渐渐散去。

你的词成为花间的一部分，似花还似非花。

佳人在唱，你在听。

你醉了，听着听着，辨不出纯正的中原音韵。

洛阳才子，你手写的那首《秦妇吟》怎么丢了？

那场战争被称为时代没落的分水岭。

各种抄本藏在敦煌的千佛洞里，直到某一个时段，被发掘出来，重新考证。

科场上的坎壈蹉跎居然没有消磨掉你的锐气。

他乡无故知，你独立寒秋。

对酒当歌，记忆的碎片很难拼成完整的图画了。

偏安于一个角落，你写的歌词中蕴含着无限感慨。

你只想说点自己的话，说不出来的留在心底。

说出来的成为新王朝的平安符。

第二辑　寻灯的歌者

找到的依然是旧故事了。

回归说在嘴上，或许融入梦里，呼唤一下某个人的名字。这个人早已经消失了，成为虚构文本的主人公，在日记里被翻来翻去。

你是歌者，你要寻找新的故事。

其实，不用寻找，故事随时都在发生。

用排除法推理一下，把剩下的打包，从餐桌带到书桌。

这可能会是一次绝美的旅程。

秋天的渴望

陈寅恪先生写过一句诗“寻梦难忘前度事，种花留与后来人”。

梦在春天里被种下，在夏日的阳光中褪去了缥缈的面纱。而今，秋风起，萧瑟中，还有人为你舞动着那份看似模糊的孤独。

铺开展就的信笺，信笺上写满故事，写满夏花的忧郁。

听我倾诉的人还在吗？

《紫罗兰》还在李健的掌控里流淌，而我只想找到那个人。那个沿着曲江池踱步的歌者，那一声路长人困中的舒啸，打湿了魏晋风度笼罩的琴弦，让琴音低沉，再低沉。

舞台不管会有多大，你的沉默就会延伸多远。

秋天来了，怀念着一张书桌，还有没写完的日记。

瞬　间

一

读着读着就困了，你放下手里的书，看窗外的雨。

戾气总是缠绕着你，一到时间就发作，并没有征兆。

多少人在看着舞台，《窦娥冤》正在上演，《天下无贼》正在上演，《色戒》正在上演。炫目的片段干扰了你的选择，于是，不断地切换场景，你渐渐迷失在错乱的时空背景里。

二

做个秦人，做个宋人，做个清人？做个汉奸，做个善人，做个流氓？做个好人，做个坏人，做个不好不坏的人？做个西方人，做个中国人？做个蛮夷，做个汉人？只要能够安静地坐着、躺着、卧着，只要能够吃饭、读书、说话，只要能够看风景中的云卷云舒，就够了。

你终于又拿起书，从文字中看话里江山。

三

傍晚，在晚练的歌声中从家里出发。

不经意地想起朱光潜的一句话："让人生艺术化"，一个人只有进入审美境界才会迎来刹那间的愉悦吧。当你热恋之际偶尔撞上"与其在悬崖上展览千年，不如在爱人肩头哭泣一晚"，会由衷地感叹知之甚晚；当你迎着湖面的风惬意地行走，或许会想起"好风凭借力，送我上青云"；当你从被感动的文本中走出来，反省自身，会觉得"只是当时已惘然"。

与文学相遇多么容易，只需要走进书海，拿起双桨开始航行。与文学相识需要缘分，"这一刻"风清月朗，你的心灵过了一次电。与文学相知又是何等难啊，萍水相逢中往往只留下一片云彩。

文学字眼间留下的只有故事的遗迹，眉眼间充盈的还是"剪不断、理还乱"的情思。既难以介入肉食者的视线，也不会打动食利者的芳心。

可是，它会一直站在那里，等着你，相逢或者错过。

读一段故事吧，念几句旧诗吧。

"记得绿罗裙，出处怜芳草"，自然的绿意会让"一朵野花里有一个天堂"，文学的空间会让"一粒石子里有一个世界”。说不定哪一朵花就是李清照采下后穿越时空来到你身边，说不定哪颗石子就是女娲炼石剩下的陪你重温前尘旧梦。

于是，这个傍晚，我站在文学的身旁向你招手。

四

这次，北方的春天来得真晚，风中的城市一直在摇晃。

你行走中浏览唐诗的风光，那“行到水穷处”的王维，那“心有灵犀”的李商隐，都躲在书本里，被写在黑板上，重新定位。

绿色在雪下日益增长，只是你不知道，错过的风景会不会因为你的关注而焕发新姿？你曾经一不小心掉进一口深井里，顺着救援的绳索往上爬，刚爬到一半就滑了下去。

虽然那是一口枯井，也布满了五颜六色的诱惑。

这时候，你想做一个看见春天的人，不再幻想，不再挣扎，而是倒下去，从心底生出的绿色丛林中再站起来。

呼吸新鲜的空气，打量自己。然后，把放出去的心收回来，闭目养神。

有人说，你还在等待。

五

表演与被表演之间，只剩下一个眼神。

六

飘在路上，疲惫了就坐在家里。

七

从台上走下来。

拾起寂寞，重新找个位置。

坐下。

八

风吹树叶，失落的梦想终于放飞了。

九

回来了，迷失在欲望的火炉里。

灼烧后只剩下一脸皱纹。

十

躺在一本书的封面里。

中枪。

时光老人，什么也没说就倒下了。

十一

拿起树枝在沙地上，画画。

画月上柳梢头，画花落了无痕。

画被风吹着飘浮的你的影子。

写在纸上的名字

整理家中藏书，居然翻出中师时代和大学时代的奖励证书，看着证书上自己的名字，居然有些困惑。写在纸上的那个名字是我吗？当年为了这些证书自己白白耗费了多少时光？这些证书是否奠定了我此后的荣誉化生存空间？

旧日的背影已经消失了，我从这些纸片上寻找自己。那段青春只剩下这些证书躺在书柜里，没有厚度、没有风韵，能有的只是一颗膨胀的功利心。记得上次回家探亲，父亲特意找出这些证书，叮嘱我一定带回家，将来给孩子看看，激励她们像爸爸一样。我能理解父亲的心情，儿子是他心目中值得骄傲的形象。不过，我可不想让下一代还和我们一样，渐渐地失却了自然的本质。

写在纸上的名字过去常常被写进史书，成为后人阅读的对象。这让我怀疑历史的真实性，看来克罗齐说的有道理，一切历史很可能就是当代史。那么，后人如果仅仅从这些纸片上看我们，我们人生的丰富性不是大大减少了？我们这一代人的怕和爱要被删削了，留下的只是想象出来的荣光。

小心翼翼地把这些证书装进档案袋里，把档案袋放进记忆的垃圾箱。真不知道保留它们的意义何在。就让这些写在纸上的名字随风而去吧，还我一轮皎洁明月。

回　归

自己的庭院已经荒草丛生。

那份心劲好像变得淡了，可是明明内心还在渴望心灵的书写。天下熙熙，皆为利来；天下攘攘，皆为利往。在利益的博弈中，人渐渐失却了守护自然的心境，也抛却了昔日的淡泊宁静。

想起了鲁迅的《过客》，那个前行的人还在吗？那个想要书写对这个世界的眷恋的笔还在吗？自己提出的问题已经没有了回答的兴致。只有听见键盘的声音才恍然有悟：离去的只剩下记忆。记忆若断若续，指向匆匆过去的日子，指向藏在某个角落的风声雨声读书声。

终于，又看见自己了。倾听自己的声音竟有些陌生。

那些熟悉的音节呢？还会在湛蓝的天空舞动吗？真的想扬起双手，大喊一声“我回来了”！

回到书桌前，读点古典。累了，偶尔抬头，青山独归远。

假　想

树叶拍打着书窗。

你坐在夜的深处。打坐，凝神静气，呼唤神灵的庇护。

他来与不来，与你有关。

只是他的手里会不会拿着甘露，神奇的树枝，如醍醐灌顶。

让你醒来，发现自己焕然一新。

蒲公英的忧伤

你在行走，雪在脚下，梦在心里。

响动的声音划过耳畔，穿过思想的核心地带。

返回的时候，万念生起有如红旗缓缓升起。

这是山村的夜晚，灯火闪亮在众生栖居的门槛。

水库里的鱼吹着气泡和你对话，爬满山坡的蒲公英寻找安居的家。

只有你魂不守舍，一直想要走出村庄。

呼啸的儿歌也许会带你走很远很远。

或许那双眼睛会告诉你弧线已划过长空。

或许那只大手会指引你攀到山峰的尽头。

陀　螺

你一直都在旋转吗？沿着篝火诱人的方向。

记得某个无风之夜，当你躺下，我们的世界顿时静得可怕。

许多人担心，梦中的蓝图就要解体。

于是，你稍加修订，重新围绕所有生灵的家园，继续循环。

你走来走去，最终会魂归何处？

停与不停成为无关者的新课题。

圆舞曲

打开博客，秋日的下午茶翩然而至。

诗篇从纸面向东向北，向东北的落日余晖转移。

轻轻摇醒久违的诗神，爱情的质感从来没有消散。

我看见风从西北角吹来，沿着诗人指定的路径，柔情万种，夹杂在浩瀚的云烟里。

袅袅清音，滋润了山水之间的灵气。

在海边

在海边，我的孩子与水一起嬉戏。

波浪打来，他们用欢呼吹醒了灼热的沙滩。

风生水起。

疲倦被孩子们抓在手里，拧成旋转的问号。

在海边，我的目光埋在沙滩的深处，

期待夕阳西下。

意　象

卧铺。醒来将目光放在窗外。

一只幼小的麻雀，落在站台上。

它兴味盎然，蹦蹦跳跳地在铁轨内外丈量。

又一只飞来，它们相约而行，沿着轨道的路径飞向火车。

终于，汽笛响起。它们受惊了。

竭力奔逃，远离了人们的视线。

蹩脚的对话

是你吗？停在这里想走又停下只是不言语。

是你吗？只是哭只是用耳朵听大地的故事。

粮食还在仓库，而你想象它会开花会生长。

谁也不愿意继续守在那里闻一股霉味了。

剩下你，像守护自己的儿女一样安然欣然。

这个世界虽很大，却不会听从任何人的安排。

找到一个新拐点，就会颠覆你的我的设计。

因为心灵的宽度一直在视线中不断延伸，所以不管谁到你的领地偷了粮食，别吃惊，所以你要给躺在街上寻找食物的人一碗饭。

路

本来要站在讲台上，守护萌发的幼苗。秋风一起，居然住进大学的殿堂。

你开始寻路，寻通幽的曲径。感受书籍的味道，感受诗人的味道，感受图书馆昏暗的灯光。

那是一片荒地，也是一片福地。

路上的荒草已经成为难忘的风景，你是风景中蹩脚的符号。行进中躺在同学的记忆里，定格后无法挽回。

还有书香，她不会嫌弃你。一旦与她恋爱，你就会拥有美丽的世界。

读一段儿泰戈尔的诗，你顿时无法独自言说。

碧蓝的湖水，斑驳的古迹，还有夜晚偷偷闯入的老鼠，都和我们做伴。

阳光照进来，月光照进来。

宽阔的马路行走着寻找的歌者。

往　事

一

你拍着我的肩，告诉我生命里还有一种柔情。

我总是在渴望与你相遇，给你讲那段故事。

我走了很长的路，到你的家门口，为了送你一本纪念册。

站在门前，我喊你的名字，庭院无人，院子里的蔬菜还在生长。

你走出来，一笑。接下我的礼物，回去了。

后来的情节忘了，也许没有情节。

忘了才有想象的空间。忘了的是过程，片段却活起来。

二

你送我的日记本被我写满了诗，就是分行以后自己也读不懂的文字。

你说这只是纪念，纪念装满青春故事的日子。

你用英文告诉我，有一个广阔的世界，让我迈步走出去。我刚一走，你的眼泪就落下来了。

那时候，你还是独身。

三

我们走在街上，你说我是你的弟弟。

课堂上你可不这么说，喜怒根本看不出来，还经常让我回答问题。

一张纸条曾经写了对未来的期待，读后我并不知道这是虚幻的影像。

你和我一起迁入另一个园地。

我走了，走得很远，再回来，你已经从梦里醒来。

我总是在渴望与你相遇，给你讲那段故事。

我拍着你的肩，告诉你，长大后我就成了你。

念　想

有个叫方艳蓉的女孩儿，你还记得我吗？

当我从外面走进教室，第一眼看到的也许不是你。你忧郁的眼神让我记住了，距离很近，课堂上我们从不说话。

后来你离开了课堂，我已远行。

每次归来，我们都会相聚。走在乡村的路上，你有你的心情，我有我的世界，我们在两个世界对话。

无法还原最后一次相见的图景，你总是有心事，说出来的留在我的记忆里；没说出来的留在天堂。

隔空喊话，只有我的声音回荡。

你的灵魂永远停在山上，停在大自然的沃土中。

有个叫方艳蓉的女孩儿，我会一直记得你。

爱情的故事

和你踏进同一条河流。
你说需要船，我说需要等等，河水渐没腰身。
爱情终于晃了晃，要倒了。

从那个瞬间起，我成为一个男人。
沿着你离去的脚步，丈量爱情的长度。
爱情终于晃了晃，要飞来了。

和你踏入另一条河流，你说需要秤。
把我放上去称称，河水渐没腰身。
爱情终于晃了晃，又倒了。

从那个瞬间起，我成为一个男人。
沿着你离去的脚步，丈量爱情的宽度。
爱情终于晃了晃，飞走了。

随　笔

秋风吹着茅草，老杜看着。

人力车夫奔跑，胡适坐着。

空调吹动窗帘，我看着。

看与不看，都与风景无关，与人有关。

变动的背后是故事的继续。

林冲在听陆虞侯说话，林黛玉在丫鬟说话。

如果大家都停下来，听一曲高山流水，还有故事吗？

孤独的芦苇

不由自主地从你的身边飘过，

寻找的空间越来越小。

你的话语，还来不及随风扩散，就被北风吹走。

剩下了茫无边际的海面。

隐约中，一只海鸥在飞。

会读书的月亮

拿出李白的诗笔，用柔和的光晕书写。
历史的册页里走来走去的背影。

荒漠。只有脚印躺在大地上。
顺着你指引的方向，飘舞。

孤　独

歌声从心里往外流淌。一朵一朵的旋律，像春天被风吹落的花儿，无序地飞起来 ，飞起来。

想去捕捉的孩子的心，飞起来 ，飞起来。

蓦地，花儿不见了，孩子不见了。

那些残留的梦，会在一个寂静的夜里，飞起来 ，飞起来。

偶　然

夜里，灯下读书。

门开着，顺着灯光，一只大蛐蛐带着许多小虫子爬进来。

它们从椅子腿出发，爬到书本上，爬到窗台上，继续顺着白色的墙行走。

夜已深，它们依旧兴味未减。

要走了，看看这些生灵，给个告别的眼神。

关上门，回家。

早上，打开门。

惊呆了，一地小虫的尸体。

它们无法承受娱乐一夜的煎熬。

那只蛐蛐，还在艰难地爬着。

赶紧拿过笤帚，把它收起来。

放在外面，一阵风吹来，也许它能喘口气儿，

重新爬入谁的门里。

纪　念

2010年7月28日下午，一名大学生在人工湖溺水身亡。站在湖边目睹了打捞的场景，心如刀绞。我们的孩子就这样离开了。他还有梦，还有期待，如今只有一份悲哀，久久盘旋在心头无法散去。语无伦次写下此段文字，不是诗，是无尽的泪水。

一

有流星划过夜空。没有来得及许愿就告别了昨日。

或者，有梦与你相伴。

瞩望河面，想和你对话，那么近的距离，怎么也想不到，会渐去渐远。

二

多少目光在等待打捞，捞上一种源自生命的盼望。

属于我们自己的一条河，在微风中默然。

船不再是荡桨者的漂流，而是寻找的期盼。

你快回来吧，带着灵动的容颜。

只有等，只有等。等在焦灼的情绪里，时间的河流并不停止。它掩埋了谁的扬起的风帆？

三

留下吧，无法挪动的脚步。文字里装不下你的痴迷；文字里包不住你冷却的梦幻。沉重。大家此刻的目光有些呆滞，凝重的表情被期望填满。

这就走了吗？有多少书来不及看。

这就走了吗？有多少话尚未说完。

四

随着人群的离去，突然觉得，七月雪漫天而来。大片大片的雪花，倾诉着无尽的哀怨。

留下吧！留下吧！一扇门刚刚敞开。

为什么？为什么？一扇门紧紧被关。

这是一个凄冷的下午。

阳光在上，河水顺着生命的痕迹漂远。

旅行的途中

一

轻轨站。两元钱投进售票窗口，票跳了出来。

绕出来的时候，一个母亲，两个孩子，一个纸箱子，和绕来绕去的人们组合成一幅看得见的风景。

掏出一元钱，投进去。

阳光照不到这个地方，车已经进站。

有雾从早晨飘到下午。

二

想跟你说句话，只是手机在手里发抖。一副失宠的样子，让你于心不忍。

转发微信，再转，再有人和你呼应，转出一个圈子。

画好的圈子里，没有风声鹤唳。仿佛高山流水，月光下缓缓移动的嵇康，用文字和符号诉说心境。

龇龇牙，笑一个。或者，故作高深，没表情。

三

站台。旅客下车休息。列车员看看这张面孔，再看看那张。休息的时间到了，面孔一板，还得出发。

请不要下去，这是临时停车。

旅客们呆呆地坐着，想象各种各样的因由。要给特快让路，要给需要让路，让完了，就轮到咱了。

这站晚点，下一站就追回来。

四

盒饭端上来。米饭，咸菜，几块肥肉。二十八元。皱皱眉，吃吧。

坐下来，品尝每个饭粒的滋味。咸菜真的很咸。肥肉不敢吃，老人们说了，这些肉不会是好肉，防人之心不可无啊。

邻座的朋友看着我，问完价就没了下文。

上当了？不会吧。上当就上了，没啥吧。

打开手机，看一个馒头的故事。

五

这是候车室。播音员关于晚点的报道非常仁慈。

还要等三个小时。

对面的女人在睡觉，鞋在地上，脚向天上。如果换个暧昧的环境，也许更好。

脚臭不绝如缕。集体的力量改变环境。

如果这时候我在读唐诗，的确煞风景。

深秋：迷途的过客

阳光抵挡不住喧闹的人群。各种吃相摆在地图的某个角落，绿荫下的人们，帐篷里的人们，用微信躲避时间的煎熬。他们的面孔抽搐成网络的形状。任潮落潮起，萧瑟的旋律格外压抑，却停留在最强音，经久不息。

这是秋天，是四季中最喜欢炫耀的季节，是暧昧不断发生的季节。各种煽情的故事被围捕出来，那个逃犯最终还是因为饥饿而投降，重新回到熟悉的地方。

这是秋天，是夜雨潇潇牧马人讲故事的季节。躲在屏风后面的某位佳人，因为爱走到前台，私奔偷情或者打破门第的枷锁，演绎长亭送别。

这是秋天，是沿着宽阔的街道散步的季节。休闲的人们特别惜命，他们慢跑，他们暴走，赶上承平盛世的繁华景象，身不由己。

天空的高处，天空的底部，一群蚊子和小鸟各自在组织比赛。从飞机上往下看，目光所及，人就是一群蝼蚁，就是过客，他们和秋天一起起舞，永不落幕。

日　子

日子每一天都很平常，只是我们常常幻想不平常的日子。

数着时间等待某个瞬间的来临。真的等到了，却觉得自己失去了原有的方向。回到过去，总会有浪漫的感觉，只是一旦把记忆拽回来，立刻眼前一片肃杀。寻找纪念可能就是一种欲望吧。

给日子贴上标签，让记忆不断复现。

我喜欢坐在书桌前，想很多过去的故事。

从有关于书的印记一直跑得漫无边际。

回过神来，又是一个下午。

时间似乎在冥思中浪费了，可是，自己似乎觉得又多了一层对生命的理解。

我们需要阳光，也需要在暗夜里思想。许多和我们有关或者无关的往事和语言，在向我们示意，对话的刹那间，也许获得一种久违的灵感。

常常觉得，读书之后小坐一会儿，其实正是另一种深刻的阅读。而一本一本地翻过，不作停留的时候，你就觉得被知识扰乱了心情，充实却有爆炸的危险。所以，思想是产生阅读后效应的最佳方式。

拿本书，静静地，看着窗外的绿树红花，走神了。挺好。

我喜欢在书的扉页上写上几句，尤其是买书的那天与书的作者有关的片断。下笔含情，淡淡写来，在很久以后偶尔翻开书页，又是一声叹息。

只有被书感动，纪念才显得有意义。

在生活被安排得喘不过气的时候，找个理由休息一下也好，纪念日就会成为一种借口。

这不，刚刚码了厚厚的一摞书稿，键盘按下的时候，总想纪念一下。于是，打个预订电话，《程千帆全集》又要摆到书架上。

从忙碌中走出来，用文字找个栖居的港湾，顿时觉得有些惬意。

纪念一下吧，当你在深夜兴奋得过了头，给自己一个理由，以自己的方式向时间宣布，这是一个多么值得纪念的日子。

距　离

不是吧，冬天来得太快。

没来得及谋划下一步如何适应，就起风了。

脱下单衣，一阵寒意。

让我们在金融危机中放弃梦想。

月亮的眼睛半睁半闭。

躺在床上，闪过昨日的生活流程。

你在哪儿?

请告诉我，从图书馆到宿舍，从文本到思想，需要走多远的路。

毕　业

这是六月的离别。

露天的舞台上，领导在讲话，各种广告铺排开来。

歌声与时尚同时上演。

一次平淡的狂欢已经弱化成黄昏的蛙叫。

六月的演出在喧嚣中有些孤独。

要走的时候，你觉得解脱了。

散伙饭吃得毫无滋味，典礼上表演的都是别人的心情。

你的故事还没有开始。

一部分点缀在酒杯的边沿，一部分沉入学位论文的蹩脚注解里。

已经没有看客，有的就是匆匆的结束，匆匆的开始。

回忆睡着了，许多片断偶尔闪烁一下。

不用留言册，网上晒晒照片就行。

不领毕业证，老板说邮寄就行。

这是一场想走就走的活动。

讲　台

表演者会把这里当作舞台，台下的观众千姿百态或者正襟危坐。

有说话的，你就会停下来。

有停下的，你就开始说话。

说过的话随风而去，吹去的方向已经无法辨别。

若干年后，某一个空间，有人咳嗽几声，似曾相识。

热闹的场景似乎和你无关，人来人往，剩下的是沉寂的空场。

热闹的场景似乎和你有关，人往人来，传递的是知识的温度。

读　书

翻动纸页，翻开的是一种心情。

转向文字编成的密码。

这些密码暗示你要离开，或者留下。

戏说的故事与真实的故事相遇，你会惊讶，会觉得不可思议。

文字的背后，都是前人的脚印。

脚印在这儿，鞋在哪儿？

历史学家在找，文学家在找，哲学家在找。

故事的版本正在增加，某些细节众说纷纭。

脚印的边上，谁家门前的湖水依然流淌？

翻动纸页，翻开的是一段故事。

舞台变换，故事的主人公不变。

变化的只有读者的心情。

相逢的碎片

一

我们一直行走在一条通向相逢的路上。

看看每一张脸孔，岁月的摧残斑斑点点。

不用说话，就知道当年的梦想已经如潮水般退却。

就这样看着你，看着你和孩子对话的表情，自豪也不能掩饰说不出的失落感。

把藏起来的锦囊递给孩子，她会延续我们的脚步吗？

二

举起杯，让我们以孩子的名义聚会。

上下铺的兄弟还是老样子。

肩膀上扛起的都是家庭的期待。

喘气都费劲儿，还喝酒呢。

用歌声下酒，我们不用推心置腹，新模样里装满的还是旧情怀。

尽管喝着喝着，你就逃跑了。

反锁上门，让我们手足无措。

三

你不要直勾勾地看我。

这不是课堂，不是正襟危坐讲述唐诗的时刻。

我要拼命地舞蹈，用无人能够想象的姿态。

我要搭着你的肩合影，虽然这不是必须的选择。

这一群人曾经在一个屋檐下寻找生活的意义，

直到那年夏季，如鸟兽散。

鸟兽的样子很难看吗？不要这样看我。

四

故事刚刚布好景。讲述者准备着应对可能发生意外的种种细节。

你们就要出逃。相遇和别离近在咫尺。

我已经回家睡觉，仿佛一位预言的先知。

果不其然，启动的行程只好作废。

还是坐在这里，我们在地质公园的边上舞蹈。

五

凌晨四点，外面还透着凉意，

离开的人就要启程。

困倦中的送别让我觉得有雾升起。

往事与眼前的图景交织在一起。

留下的期待还在延续。

带走的情怀还在延续。

我们已经不再年轻。

六

恋曲在一九九〇开始。

恋曲在一九九四暂停。

开始的时候，我们茫然失措。

暂停的时候，我们感慨万千。

当我们按下休止符的瞬间，树根还在，枝丫沿着各自的方向生长。

当我们按下继续键的时刻，阳光还在，孩子沿着梦想的方向起航。

箴　言

生活在大地上，我们不从属于任何一个绝对的空间。

放眼望去，目光所及，正是全新的领地。

当你开始追寻，请守住头脑里的粮食。

让他在播种的土地自由生长，沿着你拓展的心灵。

播种的人会看见阳光的喧哗。

耕作的人会听见月亮的光晕。

日月穿梭，故事演罢，主人公还不想散场。

生活在大地上，我们要倾听那些祖祖辈辈传下来的箴言。

学　生

一粒种子，种在哪儿，生长的姿态各异，
土地的重要性不言而喻。
一朵花，开在哪儿，看花的心情各异，
情境的重要性不言而喻。

你从春风里走过。
鸟儿的歌唱听着听着，让你无视或者沉醉。
此中的真意领会就行了，
不要企图拿着弹弓去打它。

你一旦举手，空间就多了一抹绿色。
你一旦投足，时间就加了一点分量。
你一旦沉默，阳光就被乌云遮挡。

梦 想

打开一个咸鸭蛋，想象的味道会袭来吗？
选好咸度，把佐料放上去，腌下的时候，满是憧憬。
一个小鸭子却不能出生了。
如果把鸭蛋放在炕头，用被盖好，
给它合适的温度，
生命的力量就会显示出来。

只要我们准备好行动的暗语，
夜晚就要出发。
池子里的荷花在夜色中合上花苞。
夜雨潇潇，滋润的感觉油然而生。
阳光一旦普照，她就要绽放馨香。

第三辑　画　像

这些过客，耳熟能详的过客，会部分地融入我们的体内。

会让你想起我，想起我们的某次相遇。

思想的密林有各种各样的动物。

动物凶猛，我们一起探险。

埋锅造饭，寻找食物，阳光下舞蹈。

舞姿翩翩的是你吗?

落花与月光同在，故事与星星同在。

你沉默着，听我说话。

听我讲述两个人的战争。

硝烟散后，我们的故事会被记下来，

或许成为传说。

好　汉

被放飞后走上末路的英雄们，
让我放下书本，想象你们前进的样子。
用笔给你们画像，
画月黑风高发生的故事，
画醉卧酒楼发生的故事，
画酒后打虎发生的故事，
画失落卖刀发生的故事。

故事可以有各种各样的版本，
你们却只有一个去处。
沿着水路行走，
沿着旱路行走。
啸聚山林后，步上选定的路径。

书生带着你们，村长带着你们，押司带着你们。
三段路程，故事都在转折。

一阵平静，波澜渐起。

转向风口，你们努力抗争。

仿佛汪洋中的一艘小船，寻找航向。

没找到就充满期待，找到的未必美好。

百川终到海，却只有一个流向。

撕心裂肺的号叫中，体验沙场的朦胧月色。

倒下的，正是那面曾经竖起的大旗。

谁说白衣秀士不懂得英雄气概？

懂得的却踏上不归路。

天色已黄昏。

替天行道的人却不知道天下乌鸦黑起来的恐怖之处。

即使黑夜给了你们黑色的眼睛，蓦然回首，昔日已无法重现。

所以，一个叫金圣叹的书生把聚会当作结局。

聚的背后，就是散了之后的寂寥。

人鬼情未了。

那个王朝的背景没变。

君王说话的神情没变。

高俅身上的官服没变。

宋　江

一

活在两个世界的人，你还会醒来吗？

江湖称你为及时雨。

干旱的时候，给秧苗下一场雨；下雨的时候，帮助忘记带伞的人。

或者在生死关头救兄弟一把，救了兄弟，麻烦就来了。

你还在庙堂当差，地主的出身让你出手阔绰，兄弟们都愿意和你交往。

二

阎婆惜死得有点儿冤。

你以正人君子的姿态包养了她，她只好和别人相好。

你给江湖兄弟通风报信，然后和她上床。

故事还可以更加暧昧。

一封信引出的一场血案。

三

告别庙堂，带给你撕心裂肺的痛苦。

逃难，在路上。

你把很多兄弟送上梁山，

自己回家了。

花荣和秦明还成了亲家，你的谋略带着几分残忍。

这就是人在江湖的苦衷。

四

回家的结果就是被官府抓住，刺配江州。

宁可坐牢，你也不上梁山。

你的声誉让你少受不少苦。

你的经历让你愤愤不平。

江州的酒楼上，你借着酒劲，把心里话题在墙壁上。

危在旦夕，黄文炳的告发有点道理。

一家之天下，谁敢笑黄巢不丈夫？

你学他还有好事？

五

兄弟们冒着生命危险救你，

你偏偏不走，一定要抓住告发你的人。

抓住了，开膛破肚是复仇者的景观。

我在想，占山为王的人对待敌人那就是像秋风扫落叶一样。

六

住在梁山，心在山东，你又一次回家了。

被捕快追赶，进了庙里。

逃跑的人进入梦乡。

三卷天书，你成为与众不同的人。

于是，回到梁山，你东征西讨。

于是，只要有难，就翻开天书，或者梦见九天玄女，总有神灵庇护。

七

晁盖坐不住了。

他一出手就被射杀，剩下寻找复仇者的告白。

大名府的卢员外，日子过得好好的，注定为了上梁山要家破人走。

来了又怎样？捉住了史文恭又怎样？

请上座，请上座，请上座。

游戏中你坐上了唯一的位置。

八

身在江湖，你不能忍受被隔绝的孤独感。

不想做社会多余的一群人，

开始布局。

招安的调子已经定好，大家陆续到齐了。

在忠义堂选个位置站好，

你清清嗓子，唱满江红，

一直唱到汴梁城。

九

梦终于圆了。

博个封妻荫子，青史留名。

从庙堂到江湖，你是背叛者。

从江湖到庙堂，你是归顺者。

贼配军，贼寇，你以为摆脱了这样的身份，

殊不知，这些如影随形。

十

征战的生涯带给你成就感，

尽管一个又一个兄弟倒下了，

尽管你如履薄冰地盼望功成名就。

当你站在庙堂之上，指点江山的勇气荡然无存。

悲欣交集，却没有看破红尘。

十一

喝了毒酒，你的内心更加纯粹。

带走你的保护神，然后托梦，

宿太尉、吴用、花荣，还有宋徽宗。

你想让他们知晓人生结束后告别的悲凉感。

有处诉说，无处栖身。

林　冲

一

雪越下越大。雪地上，林教头的足迹深深浅浅。

一个巨大的问号躺在心里。

斗笠，酒葫芦，手里的武器，

还有回不去的家园。

二

本来生活好好的，偏偏飞来横祸。

领导的养子逛街的时候，遇见你的妻子，

看上了。既然看上了就不能收手。

于是，好朋友在友情与官运之间选择了后者。

三

第一个设计被你破坏。

你的愤怒燃烧起来，却只能朝着物器发泄。

故事才刚刚开始，逃走的官二代并没有善罢甘休，领导的态度不言自明。

一个圈套已经编好，等待你的身影。

你依然天真地走进官场。

四

从教头到囚徒，角色转换得真快。

你还是一个汉子。

在写下休书的那一刻，男人的形象栩栩如生。

许多人送你上路，真正想着你的是一路追随你的两个解差。

这是被收买的两个解差。

他们收了钱自然设计你，让你无法行走，然后任意肆虐你。

第一个被刺配的好汉。

选好地点，他们要送你上路。

如果没有鲁智深，故事就结束了。

没有背叛的友情才是友情。

五

你依然还是被设计者。

草料场的那场大火烧尽了你最后的希望。

如果没有累积的善行，你无处可逃。

杀人成为唯一的手段。

我能想象到，风雪中，你无助而愤怒的姿态。

这一瞬间，你告别了过去的自己。

六

告别了过去的自己，你抢了老庄客的酒，喝多了。

倒在雪地里，想要忘记发生的一切。

曾经接待过你的柴大官人救了你。

遇上洪教头，你的棒术这时候用了一次，

用了一次就改变了命运的行程。

一封信把你领上梁山。

坐在朱贵的酒店，你悲从中来。

一首诗题在墙壁上，这时候，你懂得英雄末路的含义。

七

可是，英雄与书生相遇并不一定两两相得。

他害怕你的存在，于是，你又被设计了。

杀人成为必备的条件。

你依然在路上，等着，从路上经过的人见到你就跑了，没跑的并不怕你。

八

这次经历让你知道英雄落难的滋味。

当同样落难的人来到这里，你及时出手了。

一个时代结束了。

一个时代开始了。

你只想做一个平凡的人，

哪怕淹没在人群中，也不改男儿本色。

九

以后的故事不用讲了，

你总是和大家一起行事，

被设计的一生在某个节点上休止。

风暴来临，请系好酒葫芦。

踏雪寻梅，你、妻子、孩子一起看日出日落。

鲁智深

一

翻开《水浒传》，最爱看与你有关的故事。

读读被腰斩的金圣叹的评点，才知道你是他心中的上上人物。

没有心机，你的豪爽就是最好的名片。

你不需要名片，朋友需要你的时候，你就会出现。

二

真想看一看，倒拔垂杨柳的现场。

真想看一看，拳打镇关西的现场。

头发越来越短，索性削去。

出家人不打诳语，你是从野猪林走出来的侠客。

救了兄弟，也失去落脚地，于是，如柳絮东西飘荡。

三

接受剃度，并不等于直入佛门。

你依然故我。继续喝酒，继续吃肉，继续与过去的自己同行。

风不动，幡不动，你的心动。

只要心动，说什么都不会善罢甘休。

四

大师来点化你。

接受战争的洗礼，厮杀中你渐渐顿悟。

二龙山，你和杨志相遇。

二龙山，你与武松相遇。

你们走投无路。

五

偈语在耳畔回荡。

几句话就勾画出你一生的足迹。

捉住方腊，潮声涌动。

告别的时候到了。

你居然出奇地镇静，以虔诚的心做一回佛家弟子。

六

坐化的那一刻，你如此平静。

战火硝烟，随风而逝。

你感悟，你倾听。

潮落潮起，生命的起伏不再。

杨　志

一

某次读杨家将，读得兴起。

母亲让我去抱柴火，没听见。

父亲抢过那本借来的《呼杨合兵》扔进灶坑里。

眼泪流下来，之后赶紧干活。

以后我都不记得了。

故事还没看完，那时候还轮不到你出场。

二

虚构的文本里，你是杨家将的后人，注定是一个落魄者。

从花石纲到生辰纲，两次押运都没能成功。

一场风暴就把你的任务结束了。

天不助你。

杨家将的后人也会无枝可依。

三

落魄时路过梁山泊。

遇见落魄的林教头，两个人的战斗很快就结束了。

弃文就武，这个叫王伦的知道你的名号，想留下你，与林冲相伴，相对，为敌。

你不敢违背祖训，指望凭一刀一枪，博得个封妻荫子。

这是很多人的梦想。

除非无路可走，谁愿意被整个世界孤立？

四

还是高俅，断了你的去路。

落魄就上街卖刀。

江湖就是不安定，连牛二这样的泼皮都和你作对。

你的刀本是要用在战场，如今落在市井。

铜钱、头发，还有牛二，都成为刀下的祭品。

心存梦想，你选择了自首。

五

你的前程本有规划，到此拐了一个弯儿。

带上枷锁，挨了脊杖，刺了金印。

即使是“贼配军”，你依然要改变命运。

与周瑾的一场比试，比枪、比箭，大丈夫心中有情。

与索超的一场比试，你尽显沙场奋战的姿态，可惜难得一用。

六

押运生辰纲的路上，

配军的身份让你无法主宰命运。

一包蒙汗药就把你的队伍解决了。

只要被算计，谁都在劫难逃。

当你兀自离开，所有的账都会算在你的头上。

七

走一步是一步。

终于想起林教头的命运了。

你想步他的后尘，却看重颜面。

这是江湖，江湖里有许多规矩，也有许多讲究。

八

你遇见鲁智深，听了他的故事。

于是，你们同行。

二龙山，让你走到理想的对面。

寻路人找不到路，也就只好自己去开路。

九

读完你的故事，我掩卷而思。

许多梦想需要我们自己努力。

当你翻山越岭依然无法穿越人为的障碍，希望好像就在眼前，而暗夜里的灯光依然距离遥远。

杨家将的传说到你这里画上句号。

后来人无言相对。

李　逵

一

如果只是当个小牢子，你会一直很快活的。
只是遇见宋江，你成为追随者。
黑是够黑的，你还不算矮，否则和宋江就配对了。

二

刮起旋风来就造出一个魑魅魍魉的世界。
你不分好坏，两把板斧排开去，
道士、孩子和刽子手，都已丧生。
黑旋风，刮来正义也刮走生命。

三

你区分善恶，才会负荆请罪。
坐在衙门的座椅上，你也会判断正误。
替天行道的大旗不能打在你的头上。

四

你是害怕摔跤的人。

燕青和你站在一起。

戴宗和你站在一起。

你的天真总让我想起某些角色。

他们看着天上的云彩，只需发出艳羡的目光。

五

从岸上跳进河里，你拼命挣扎。

浪里白条和浪里黑条遇到一起，注定是一场提前结束的争斗。

吃了鱼，大哥醉意加上酒兴，悲剧发生了。

六

看望老娘的路上，你遇见李鬼。

善意获得谎言，会发现人生的残酷。

对不起老娘。深山里，居然撇下老人去寻找水。

随时出现的野兽让你无法释怀。

你的愤怒远远没有悔恨深。

七

你是大哥的影子，大哥要带着你一起离开。

突然告别尘世，不知你有何感想。

这个你称为大哥的人和你喝酒，告诉你梦想成真后的凄凉。

梁山泊的《满江红》已成绝唱，

一如风中的落叶，想望青翠的绿荫。

八

你是李逵，一个活出自我又失去自我的过客。

你是李逵，一个活出性情又缺少情趣的过客。

武　松

一

喝酒，喝酒，喝酒，

景阳冈的夜色与月色交织在一起。

喝酒，喝酒，喝酒，

醉打蒋门神的影像亦真亦幻。

二

姥爷当年从山东跑到关东。

走一处讲一段武松打虎，讲一段走一处还是武松打虎，

就这样，姥爷走到了我的故乡。

这个村庄山东人多，说山东话亲切，更重要的是武松打虎很有吸引力。

于是，姥爷就留下喂马。

小时候，我经常到马圈去玩儿，看马吃草的样子，

看铡草机的身边草屑儿纷飞。

听姥爷讲些与马有关或者无关的故事。

三

武松是山东人。他病卧于柴进的庄上。

不听话就难讨主人喜欢。

记得姥爷看到我和他的孙子打架，姥爷一棍子打掉了我的两颗牙。

然后，我哭着找妈妈。

武松谁也不找，困顿之际遇见宋江。

两个理想相同的人相遇了。

当他们再次相见的时候，脸上都有金印，招安成为最后一棵救命的稻草。

四

总是一个人的战斗。

酒喝干，再斟满，走在孤独的路上。

为兄弟出手，为自己复仇。可是，仇恨会让一个人发狂。

一旦英雄末路，他就会不顾一切，手中的利刃无法停止下来。

一路厮杀，血光中分明闪动着畅快的眼神。

五

孙二娘、玉兰、潘金莲，还有蒋门神的女人，

你都交过手，只是一段历程的过客。

也许，她们会让你想起故事的瞬间。

瞬间，一切灰飞烟灭。

六

当战争落下帷幕，武松转过身。

古战场，秋风吹过，凄凄惨惨，他走进寺庙，告别久违的梦想。

当佛音响起，他会从讲唱中听出惊涛拍岸的壮烈。

刹那间，世界陷入宁静。

七

如梦，如幻，那段激情燃烧的岁月。

姥爷回到山东，又回来一回。

他最爱和我说话，把评书里的故事聊出来。

后来，姥爷又走了。

十年以后，我见到了姥爷。

姥爷已经不给我讲故事了，我只有吼叫他才能听见。

他静静地坐着，看着我，静静地坐着。

武松打虎的故事还在广播中传递。

八

武松已然是英雄符号的一种。

一旦孤立无援，就会有人舍身而出。

在某个特定时刻，故事再度演绎。

人们期待的目光接踵而来。

贾宝玉

一

你的故事写在石头上，废弃的石头从神话里走来。

拯救者已经睡着，你讲述的某个人物会不会从书海浮出水面？

这个人不是你，也不是悼红轩的那位先生。

和尚和道士一开始就预言你的未来，等你在雪中。

二

你的第一个梦有些暧昧，你并不懂。

梦境闪过的美丽女子让你目不暇接，和女娲造人一样。

你读完词，听曲子，听得一头雾水。

向你传递的信息结束了。

梦醒之后，你成为真正的男人。

三

真正的男人需要爱。

爱该爱的人，你在家里走来走去，可爱的人太多了。

举手投足，悲剧或者磨难就要发生。

宝钗之仙姿，黛玉之灵巧，让你滋生迷眩。

童心与爱心交织在一起，五味杂陈。

四

草木的本心太单纯了。

木石前盟搁浅在金玉的世界里。

你被放抛在水里学习游泳，无论怎么教授也学不会符合需要的泳姿。

你被打造成世间的珍品，可是你想自由。

枷锁已经准备好了，

你无处可逃。

五

可爱的人太多了，爱你的人也不少。

懂你的人少。

功名利禄，家族荣耀，你无动于衷。

可是，青春的故事很快就结束了。

你的婚姻，你的仕宦，接踵而至。

六

把爱洒向众生，众生对你无爱。

只有钟磬之声才会荡涤心灵。

你的故事只能安放在一片净地。

播下情种，让它自然生长。

七

无法选择的人啊！

婚要门当户对，与你相守的人要中规中矩。

宦要考场煎熬，与你同行的人都浊臭熏天。

于是，婚姻让你迷失自我。

于是，仕宦让你身不由己。

八

你的玉丢了，前世修来的姻缘丢了。

木石的本性难以寻觅，护卫你的小草已经枯萎。

她无法见证你独自居留尘世的烦扰，

只能将满纸真情化为灰烬，

把泪水洒在你的衣襟上。

用托梦的方式告别。

九

伤心人已经远去了。

旧庭院秋风依旧，只是夕阳下，秋窗的风雨化作泪痕，

滴在心上，化作云烟。

你失落的石头上，故事到此为止。

接下来的情结只能续写了。

十

特别喜欢读你说的最后一段话。

青埂之峰，曲终人不见。

鸿蒙太空，花市灯如昼。

故事还在花瓶中生长，枝繁叶茂。

渺渺茫茫，往事消散，剩下的成为红学的余唾，

斑斑点点，被后来人捡起来，考证。

林黛玉

一

诗意断绝，意味着生命的终结。

你对秋天的感悟无须继续书写，滴在纸笺上的露水，被晒在阳光下。

眷恋的目光渐渐收缩，燃烧过的灰烬聚拢在一起。

还能看见什么?

二

本是一棵小草，偏偏长在大院里。

这个院子属于你，也不属于你。

青春的诗章永远是未定稿。

你是诗人，必须让泪水化作文字，让世界布上悲情的背景。

三

这部书讲述的是春天的故事。

一元复始，春风吹起，院子里的草木活了起来。

用生命的动力迎接春意，江南的春天又是碧绿盎然。

大观园的每一处风景都渲染着乌托邦的理想。

四

诗人的聚会开始了。

当大家兴致勃勃地挥洒文字，你却感伤起来。

生活在春天里的秋天，你叹惜春天的暮色，写寄居的失落感。

宝玉不懂，宝钗不懂，你阅读自我。

写在纸上的风景被泪水浸湿，

如片片落花。

五

小时候多好啊，

两小无猜，并肩躺在床上，对视。

没有构思任何结局，仿佛一切都是起始，

都想让故事演绎就这样下去，

不会落幕。

六

挨打的正是你在乎的。

你在乎的却并不属于你。

他要沿着既定的路线听人摆布，

对前世的情缘视而不见。

七

喜欢听你和他说话，

说着说着就开始吵架，吵着吵着就开始生气。

生气就彼此隔远一点儿，

隔远了才会走得更近。

山还是山，痴情如山。

水还是水，柔情似水。

八

春天就要过去了，

痴情写诗的女子也要香消玉殒。

她的诗会被记在石头上。

滴滴是离人泪。

如果离开了，还能走进别人的梦里，那还是幸福的。

九

早上醒来，阳光照耀在床上。

大观园已经变成废墟。

路过的行人偶尔进来看看，

指指点点，对着潇湘馆凝目而视。

也许会发一会儿呆，

也许笑话你哭哭啼啼的样子。

十

懂你，才能读你的故事，

才知道故事里的你可以化身千千万万的影子。

夜深人静，就听到有诗句成为空中的绝响，

才能从梦中醒来，皈依现实的世界。

薛宝钗

一

金锁配宝玉才是人间的美好姻缘。

石头配仙草那是传说的自由恋爱。

把恋爱变成婚姻，谁想过如此衔接紧密的生活？

二

是你的终究是你的，所以你才不动声色？

扑蝶的背影自然会令人滋生爱意。

那个想要“洑宝钗之仙姿”的人还在笑呢！

那个说你像杨贵妃的人还在笑呢！

你不说话。

过了一个淡淡的端午节。

三

好风凭借力。

你远远地看着，熏好的香在香炉燃烧。

一寸灰连着的是一寸芳心。

习惯了一种味道，你不离不弃。

四

你写螃蟹的那首诗，我读了又读。

寻找站在你身后的洞察世事的人。

世间总有风情万种。

哪种属于你呢？

把自己包上一层纸，等待来捅破的日子。

当那一刻终于到来，你已然无语。

五

颦儿读了《西厢记》，你也读了。

一个读得快乐，一个读了不说。

颦儿说出的两句话被你抓住把柄，

然后，才发现你们是同路人。

六

青春的感觉真好。

没有岔路口，只要一直走，走到大观园的某个角落。

即使有故事发生，也会被时间冲淡。

你和贾宝玉提前相遇，黛玉来了。
他和林黛玉相遇，你来了。
三个人的故事就微妙了。

七

你希望故事结束吗？
按照规矩走一段新路。
路是新的，陪伴你的只是一个躯壳。
他的心飞走了，沿着女娲补天的方向。
飞着飞着，停下来，掉到大荒山下。

八

如愿步入婚姻的殿堂。
你的大喜却是另一个人的大悲。
当生命如流星滑过夜空，悲怆感油然而来。
你不再写诗。

九

写过的诗篇幻化成眼前的生活。
林妹妹一死，你郁闷到底。
写诗的日子那么缥缈，
已经无迹可寻。

十

你没有路过青埂峰下的那座山，

山里的故事与你无关。

你孤独地看着大观园里的一草一木。

卷上珠帘，掩面而泣。

坐在家里，等待故事的终结。

凤 姐

一

故事刚刚开始，你就有了归宿。

爱上一个不愿意回家的人。

有魅力的是他的家。

戴上面具，你是这个家里的主人。

二

乡村和都市的距离并不算远。

绫罗绸缎和粗布衣裳也没有分别。

刘姥姥来了。

你说了些无关痛痒的话就打发了。

感恩戴德，刘姥姥又来了。

当她再来的时候，你才知道，这是你生命中重要的使者。

三

你是有智慧的女子。

智慧用对了，被称为聪明；用错了，被认为残忍。

迷上你的那个人想要见你。

想要见你的那个人，看完风月宝鉴，万念成空。

四

秦可卿的梦是托给你了。

从梦中醒来，你开始料理家事。

所有吃饭的都要看你的脸色。

阴晴不定的日子已经远去。

五

你会有爱情吗？

爱情可能在欢声笑语中飘了一会儿，随风而逝。

你不会自寻烦恼。

让自己身不由己。

六

算完你的年龄，我有些吃惊，

青春在你的脸上已经隐去。

你不写诗，

你不会醉卧酣睡。

醒着的心情未必就好。

七

你和贾宝玉说话。

你和林黛玉说话。

你和薛宝钗说话。

你和平儿说话。

你和贾琏说话

你和贾母说话。

八

话说多了，路走长了，你病了。

陪你的男人并不爱你。

好的时候前呼后拥，

见个面都恭维几句，

病了才知道被忽略的滋味。

九

老太太走了，鸳鸯跟着走了。

你再说话，少有人听。

说着说着，已经力不从心。

那些辉煌的日子已经装入纪念册里，需要把它翻出来的勇气。

十

终于要解脱了。

你梦见了尤二姐，梦见因你离开的那些身影。

自己的很多故事来不及梳理。

巧姐的命运还未可知。

渔火就在不远处，你无法上岸。

十一

你的故事还在继续，

故事的主人公已经换了名字。

他们依旧风光无限，

绝对想不到会从神坛上跌落下来。

诸葛亮

一

你的故事让三国成为一个永久的话题，从大宋开讲，绵延至今。

出租车司机手持《品三国》，一边开车，一边和我侃大山。

我心惊肉跳。

他兴致盎然。

没几句，话题就转到你的身上。

二

你有那么神奇吗？成为智慧的化身？

还记得读小学课本上的《草船借箭》，不仅滋生出心驰神往的念头。

想象力的世界，我成为你的替代者。

风光的样子一直带进梦中。

三

曹操有那么愚蠢吗？看见船就要射箭？

何况会射出那么多，才知道上当？

智慧的故事总是超过现实，让我们措手不及就失去机会。

司机的眼神里露出不屑的样子。

四

故事在史书里躺着的时候总是沉默着，

遇见读者才会站起来。

从官方的记载走向民间。

说着说着，讨厌的喜欢的都会超出警戒线。

五

横槊赋诗的曹孟德心眼小了。

羽扇纶巾的周公瑾心眼小了。

而你从茅庐出发的时候就很神秘。

天下尽入彀中，谈笑间战局已定。

六

小时候，邻居的家里有一部《三国演义》。

纸已经发黄，书不借，但可以去看。

看完了，还可以和男主人讨论。

长坂坡上的一声吼，过五关斩六将的英雄气概。

还有几进几出敌营的赵子龙，俨然是天下最值得爱上的人物。

七

常常把两本书的人物拿出来比较比较，

然后幻想一种可能，他们一起被我打败。

成功总要和你联系起来。

华容道的选择路径。

失街亭的莫大遗憾。

仔细想想，如果不是这样，历史必须改写。

历史不能改写，所以错误一定发生。

八

总是事后诸葛亮。

事前要是诸葛亮，很多故事就消失了。

你几次出征，江山依然未稳。

刘备托孤的一刹那，你究竟在想什么？

摆下八阵图，放出木牛流马。

这是属于你的风景。

九

我们的诗圣老杜写你。

我们的诗仙太白写你。

写着写着，自己的影子就照进来。

人生的开始并不一样，结局总有些相似。

于是，诗人们向你致敬之后拂袖而去。

十

躬耕陇亩的智者啊！

大梦醒来，揉揉眼睛，地里的庄稼长高了。

算算收获的日子，

为新的一年打算。

孙悟空

一

你和贾宝玉一样与石头有渊源。

他不听话要挨打，你不必。

你只是闹，从人间闹到天宫，

从天宫闹到极乐世界。

二

你学会翻跟头，翻得再远还是要回到地面。

你学会七十二变，变来变去还是猴子的性格。

取来定海神针，树立的敌人浩如烟海。

和各路神仙过招。

你等来了独立的机会。

既然不是想要的，那就搅他个天翻地覆。

你错过了独立的机会。

如来就是一个大笼子，

罩住你。

跳来跳去，翻来翻去，都没能走出他的手心。

三

不听话的后果很严重。

管理者会让你尝尝苦头，以证明权力的能量。

大山把你压住。

五百年的风雨在小说里就是几页纸的厚度。

四

自己的路已经堵死。

走了很远的你只能步别人的后尘，

终究躲不开尘网的束缚。

按照定好的规矩，戴上紧箍咒，

只要咒语一念，你就只能听从安排。

五

到西天去，漫漫长途。

你要和唐僧一起出发。

唐僧就会念佛吃斋，白白净净的，身上的肉可以长生不老，让各路妖怪禁不住诱惑。

他还会告诉对方自己来的方向，祈求早日修成正果。

六

孩子们喜欢看关于你的动画，他们和我一样幻想能够七十二变，能够喊一声“俺老孙来也”！

你来了，就会吓走妖魔。

你来了，就会平平安安。

于是，你成为童话里的保护神。

七

你的字典里没有爱情。

你的朋友里没有同道。

你的同门里没有信任。

那个猪八戒遇到困难总是喊分道扬镳。

那个沙和尚遇到困难总是等着大师兄。

你要承受的，并不是自己选择的。

八

选择了终究没有放弃。放弃的念头挥之不去。

你回到出生的地方，又回到取经的队伍。

梦想渐渐被现实取代。

阳光下，把取来的经书晒晒。

那些文字有什么玄妙之处？

今生之外，还有前世。

今生之后，还有来生。

九

即使重新选择，你也走不出这片领地。

有人为你谋划好一切，你只要听话就行。

听话就能分一杯羹。

要是大闹天宫，可没有好果子吃。

十

你还是齐天大圣，

还是那个无法无天的猴子。

心上的紧箍咒无法忘去。

念一遍，再念一遍，麻木了。

一个人一生总要学着自己走路，

走着走着就会碰壁，

碰几次就学会防备周围的人。

有人会说你终于成熟了，

成熟了就能立地成佛。

第四辑　青春咏叹调

谁也挽不住无法倒流的时光，只好静下来，从脑海里浮现或多或少的图像，还有被秋风吹落的话语。

盲读一遍，有些故事的片断也就出来了。故事里有自己的影子吗？

曾经有过的忧愁那么简单，简单得让人读来有幸福感。于是，一段一段地录下来，为过去的自己画像。

爱　情

漂在水里，爱情拼命地游。

或者，备好一只救生圈，有恃无恐，远远地眺望什么。

孩子折了一朵花。一时失手，竟有风，吹到了不知名的地方。

不要隐去，渗入暗夜的阳光。

爱情老在你的怀里了。

爱情的孩子正在你的怀里出生。

岸

我把疲倦的身子俯向你，时钟静止在零点。你仰卧成船的形状，伫立。

往事如泪水一滴一滴下落，如羽毛片片下落，下落成风的影子飘过，下落成一只彩蝶飞舞，下落成你美丽的闲愁。

我的脑际，你穿越时光隧道，点燃爱的火焰。

曾几何时，一条河横过来，河水咆哮，咆哮的声音振断了我的双桨。水，一股一股漫上来，渐渐地淹没我的船舷，我的心绪向远方沉入。

你灿烂为一盏珍珠灯，指引我的航向。

幻　想

一

总想把你的美丽装入镜框，放在床头品味。对你说许多废话，挽你的手远游。我会给你讲许多关于我的故事，也延长到一千零一夜。让这些故事感动你，你泪流满面，依偎着我的臂膀。

这是我们自己的世界，一花一草都是我们的卫士。端详你的美丽，就像看苏绣里的山水清音。

仰头面对天空，想找你的星座。伸出手，指向的只有一片空虚。

二

考察你的美丽以后，我开始构筑一个梦。

设想某一次你在荒郊野岭遇到歹徒，我挺身而出，负伤之后，用你的柔情治疗。老掉牙的故事就此闪闪发光。

设想和你打赌，历尽千山万水，如果证明一种真诚，你就和我相约。于是，日日夜夜，过高山如履平地。你也许会剥去所有的冷漠，微笑着告诉我答案。

设想我在梦中醒来，你依稀而遥远。你用翠鸟的声调呼喊我的名字，前所未有的动情。

理解你的美丽以后，我不敢构筑一个梦。

快乐的歌

我们在春的花海里同舞同歌。

夕阳西下，光辉依旧。日光落去，快乐升起。

凝望你的眼神，什么时候荡起了浪花般的涟漪？把我们的笑藏进你的眉心，随往事落几滴清泪。静谧的星空下，你看，你看那是谁把玫瑰别上了你的衣襟？

目光里生出水雾般的期待，你为什么不回答？时间缄默，我们组成春天的一幅图画。

青春装点了梦的摇篮。我们也许终究会老去，且留下此刻的笑颜。

与一朵花告别

留恋与牵挂连在一起，如同一条逐渐干涸的小河。芳香与诱惑连在一起，生出无休无止的梦。睡睡醒醒，无数次灿烂，又无数次黯淡下来。

你不疲倦，却有些无奈了。

这些人和那些事，把反复煎熬的苦药端上来，劝你服下。你无所适从。焚烧记忆，你只能紧张地闭上双眼，不去思及走过的行程。

美丽的忧伤反转为忧伤时的美丽。你是谁心中的一阵冷风吗？如果只有寒意让你栖息，你只好走向远处。从此，想起你就像想到一场即将降临的火灾。抑或下雨之前的雷声，抑或孤单啼叫的夜莺。

你面壁桃源，对着青草忏悔。你和你曾有的影像融化为流向天际的秋水，遇到寒流就会凝成冰块。

与一朵花告别。你曾经想化作蜜蜂，在花蕊间停留。

追　寻

一

远方的朋友来信说：春风吹起，我这里又是春天了。

自己才开始感知到季节的变化。第一个清晨，一场大雾弥漫，弥漫了关于冬的记忆。

总有一种心悸在梦里喧闹。归兮，归兮，盼望总是无休止地唠叨着远方的事情。只好过滤一遍心间的背影，计算着疲惫之后的归期。

只有风能证明明天的方向。

二

行囊依旧空空。

我喜欢这种简单，而自己又经常在琐碎中繁复。

窗外的云是静静的，房子是静止的，只有上面的烟囱不断地向上升腾。难道所有的故事也会静止吗？

我要割断尘缘的丝线。

重新开始。

三

我会一直过着采撷的日子。

没有雨为我滋润前途，没有霜冰封我温暖的肺腑，就像此刻我听到滴滴答答的钟声。只有倾听时间，听往事在谷穗里摇摆。

可它会停下来吗？我或许只能在旋转中生活。

四

昨夜，我托梦给李贺了。

想把他从白玉楼招回来，让他写诗，骑着驴，看黑云压城的风景。但是，蓦然间，他要我陪他云游，看晚唐即将到来的夕阳时分。一阵风吹过，他消失了，我从梦中醒来。

想起苏小小，油壁香车，还有李商隐彩笔下的画像。

五

缪斯的琴声纵然曼妙，春的芳草也是香远益清。我也不过是匆匆过客，你站在那里，可望而不可即。

我的脑海里，有酒香，却埋于深巷；有清泉，却远离荒漠。

还是远远地相望吧，只要心是热的。

相识是一种绚丽。

相知是一种默契。

借我一缕忧愁

借我一缕忧愁，让我把她打成结，轻轻地别在你的发上。

临风一吻，看你悄悄离去。

你的表情像雾，你的脚步向东，你的感觉向西。

你脸上清淡的月光，悄悄散去。

歌（节选）

一

我一直在寻找出路。

当我的歌被阻隔在一片阳光之外。没有思想地静坐千年，在成为化石之后的某个夜晚，月光透过云层，从九天缥缈处洒下来。

我的歌，我的歌随着你的梦响起。

如果那时我依然消失，你会从歌声里听到枯竭的生命光焰。

二

爱情一直埋没在你的心里。

没有钥匙，只好盼望有一天你敞开心怀，我编织的网已经把自己困住。让我解脱吧，只要你唱出心中的歌。

一次次的寻求被你淡淡的话语折断翅膀，本来是要飞向一块绿地。你在想什么？乌云密布，暗夜即将到来。

或者，在你的策划之下，一场大雨会畅快地淋浇。淋浇我的记忆，还有记忆以外，你的背影。

三

你的心神也许正在徘徊。

爱情的种子在一次次非正式的约会中发芽。而你，企图把它藏在月光的后面。

我苦苦搜寻，想象你偷笑的样子。

你看，心形的月亮升起来了。

夜晚的大地如此透亮。

我们的家就安在月光下吧，永不迁移。

四

我在想象。

有一天，当我离开，墓畔一片荒草。挥锄铲草的人会是你吗？汗水落在草叶上，被阳光照亮。

我的灵魂在向你感恩。

五

在车站，爱情疯狂地追逐着我。

我翻飞的头脑中，你复沓而来。

阳光一片一片如羽箭，穿射于我的行旅。广场上的人们无序地行走，各有各的方向。

车站以老人的威严为我做媒，约定的时间到了，而你至今没来。

在车站，爱情疯狂地追逐着我。

六

每一季的花开花落，我都为你唱着心中的歌。

花开的时候，我会在花丛中想你的样子。难眠之际，用你的照片取暖。

我采撷一束红山茶给你，用心做花瓶。爱之花蕾啊，一定不会褪色。

七

当清风拂动你的发丝，当细雨滋润你的心田，我就在你的身旁伫立，如同神话中的青铜骑士。

我祈祷的声音，还没有被你听见。

我灵魂的炊烟，还没有被你看见。

快乐无瑕的小天使，驶起爱的航船吧，寻觅风的柔情海的温馨。

相聚是一种盼望。

相依是一种盼望。

当爱的钟声在心底敲响，我渴求星空将月光隐去。

八

倾心于我的人啊，哪一天，才有一片土地围绕在我身畔。我隐居在你的心灵里，遮掩了生命本真的颜色。

日月依然穿梭，而梦却在发涩。此刻的我，需要静候，当我们迎着凄婉的月光数着流动的日子，我知道，暮色沉沉是最后的布景。你会和我一起流落街头吗？朦胧之中，我的生命会垂落在璀璨星光里。

九

我以最虔诚的目光护送寒风离开。不想星星，不想月亮，不想花草，不想绯红的玫瑰。只是，呼唤你，呼唤生命的驿站。

这个夜晚，我渴望月光会捧着你的脸莅临。

这个夜晚，春天格外迷人。除了你，我什么也看不到。

这个夜晚，我静坐在黑暗的中间。

这个夜晚，会由于我的静坐而桃花灿烂。

十

读过我的诗，你也许会把我忘了。我却还在诗中徘徊。

一个清纯的少年不会再现，月光映照着有过你我倒影的水面。

如果我过早地离开

一

天涯海角的花儿会铺在我的身上吗？

香烟缭绕，音乐声响起。我在另一个世界倾听你的言说。

真的会有那么一天吧，如果我过早地离开。

二

一束束玫瑰在你手里，在你凝望的眼里。

我仿佛看见了，在一刹那，显灵的风儿吹来吹去。

你可能会为此感到悲伤，眼泪一滴一滴落下来，盛在我不会跳动的心里。

如果这是真的，我还是要努力感知自己的存在，用沉默来呼唤。

上苍会被我感动，下一场生死离别的梧桐雨。

三

我会安静地微笑着，只要你在我的身边，哪怕只有一会儿。

即使催促的钟声敲响，我会安静地微笑着，只要你在我的身边。

四

护伞张开，罩在你的头顶，安然地走路吧。

我会为你祈祷。

去寻找属于你的那块绿荫，那里有鸟语花香，那里生长着青春的故事。

五

我安静地望着你。

如望一片迷人的风景。

如望一个温馨的港湾。

仿佛还走在人间的路上，用世间最痴情的目光和你说话。

让我把生命中最后一抹光辉留在你的身旁。

日月依旧穿梭，每个灵魂仍然生死交替。

直到雷鸣电闪的一天，有条弧线从天边再次升起。

六

如果我过早地离开，读书的时候，请读一段我写的诗篇。

清晨，你会看见草丛中的露珠。

那正是我从天堂降落的甘霖，让诗意从此围绕在你的身边。

八月，你要离开家园

八月，你要离开家园。离开温暖你和哺育你的家园。

在秋天的刈麦声中，在一捆捆麦子安然倒地的刹那。

收割机呼号着预报秋天的来临。

八月，你要离开家园。离开是一种回归。

钟声敲响，你又会走了，去走已经走了两年的石板路。

路上会井然有序还是纷乱复杂，无法预料。

阳光明媚，每一阵秋天的歌声都因蝈蝈的鸣叫延伸。

八月，你要离开家园。离开温暖你哺育你的家园。

诠释开始，你把家园作为起点。

从起点到起点，这是生命的历程。

当此际，我想象你手持牙板浅斟低唱。

大地沉寂。梦沉寂。我沉寂。

夜的天空有流星划过。

流星划过，弧线永恒。

你浅斟低唱的声音在月光下流动。

手持酒瓶的我不会在高山流水中迎来一场雪崩吧？

沉醉以后，情感如麦芽发酵。

谁的手温柔如少女的眼睛杀气腾腾，在迷雾中挥动？

你浅斟低唱的声音在月光下流动。

远方有流浪的燕子吗？

也在八月离开，在秋高气爽中展翅高飞。

每一片羽毛，张开，收缩。

这是生命延展的姿态。

燕子一路追风，会落到哪家的屋檐下筑巢？

她顺着电线杆子飞来飞去。

记忆的风铃摇响，一次次摇响。

八月，你将离开家园。

真想得到你的消息，任何一种假设都无济于事。

托梦给你，说你比我的诗辉煌，比八月辉煌，比秋天辉煌。

你每一个步子都可以让我以身犯险。

往事已经结成一张网，千疮百孔的网。

你钻进去了，我钻进去了。

这张网又坚固如初。

在你的心网里还有我的位置吗？

你会为我腾出一块空地，种上花种上粮食，这是生你养你的家园。

如果有我的加入，那就是我们的家园。

刈麦声依然还在，你说过的话已经是秋天的箴言。

请记住，这是八月，寻找的开始。

收割过后就要养精蓄锐，等待一场秋雨的洗礼。

这是一段日子的结束，一场梦的行旅。

你备好行装将离开家园。

花　絮

一片一片，记忆之叶脉悬在岁月的心网中。

我时常伫立在江边，看人们的表情。

他们从水里出来。

他们向水里走去。

滔滔江水渗入我的影子。

帆

日落了。月出了。

星光下，岸边只有我孤独地行走。

真想手持针线，补帆。

补一片湛蓝的天空。

墓志铭

谁能望见一弯冷月，就是望见了我。

在永恒的家园里，我是一辆破旧的马车，装着农人的稻谷。我是一条日日夜夜流着的小河，冲击忧郁中布满的苦涩，觅求梦的清波。

蓄足了性灵的软弱，躺在这里才觉得舒服。尽管多少年后，人们将对我熟视无睹或者评头论足。

唉，真是让人丧气又无可奈何！只想大喊大叫：你们是否想到那些过去的图景，一个感情的天才就此被埋没。

有　时

停在这个路口，你会张望。没有风。感觉到的，只有歧途的寒气。

你说过的话，有时会从瞬间闪现，从我的口中再说出来。我知道，你笑了，只是无法让我看见。看见了，也不过与满地落花一样，凭它雨打风吹去。

想让你等等，能等来春风拂面吗？把撕开的照片合在一起，你我还会相遇。那时的日子，已经藏在村庄的角落里。数来数去，雪地里留下的脚印早已消失。我们沿着小路向前走着，总是看不见遥远的天空。

此刻，键盘上，你的诗在跳动。你已经沿着另一个路线走远，剩下我的梦想，在校园里延伸。

停在这个路口，我会张望。没有雾。感觉到的，只有忧郁的身影。

附：有时

遥远的你的记忆里，有份美丽的心情。发黄的日记里，墨迹也已淡了又淡。而你清冷的长夜里，飘满了梦的馨香。

于是，你又曾记起，那清清瘦瘦的身影，还有那远去时无色的目光。

慢慢地合起你的心情，理理乱乱的思绪，静待时光平淡地流失。

（作者：冯宇）

信

一

远方的朋友。希望一切都是梦，这样就可以很轻松很简单地为自己编个理由。然后躲进去，等到老态龙钟再不会有心痛心悸，那时候自然是故事的结局。为什么世上的事情，一定要有个结局呢？

很愿意是个没有记忆的人。其实，人生是一次痛苦的旅行。奇怪的是赶路的人尽管满面沧桑，满身疲惫，却也不肯停住脚步，而我们何尝不是这样地打破一些幻想，再不断地编织更荒谬的梦。什么是真正拥有？

没有人告诉我明天怎样开始，或者生命是应该顺其自然的，别强迫改变自己。

春风吹起，你那里也应该是春天了。

二

远方的朋友。这世界有许多事我们无法弄懂，比如别离，比如歉意、内疚或者无所谓的伤感。我们寻找春天，而春天和我们一样疲惫。

我自己生活在一个麻团里，紊乱中寻找着顺序。梦在心底，更多的时候自己也不知道是梦，而且是不合时宜的梦。偏偏要让荆棘扎了手，也不喊痛。痛苦其实也是一种享受，你不觉得吗?

记忆是美好的，走过的一切那么美好。一道弧线始终在我的记忆中存留，我不想飞，却想让自己是一面镜子，或者一束阳光。

我有幻想，但不假设生活。直到现在，才发现自己对自身渐渐了解。也许，我会走进书山，走向传统，或者说走向古典。没有人能找到蹊径，包括你我。深入到传统文化的芳林，凝视、俯瞰、采集、摒弃，去找屈原，去找李贺，去找司空图，去找晏几道，去找王夫之，去找陈子龙……不后悔这样的选择，我早已被这片土地征服了，只不过从前没有发现。

也许我将蓬头散发，满面灰尘，甚至破衣烂衫。我的生活绝不会富有，但我会欣赏烟霞，听深谷的歌声。我不会构筑梦，哪怕面临火海，也会化作飞蛾。也许我的生命中没有结局，只有开始。懦弱中升起的一弯淡月，忧郁里凝望漫天风雪，我很满足啊。

有你的祝福，相信眼前的光线会变亮一些。不过，躲在暗处习惯了，亮便是无形的奢侈。很多次想和你说话，但那些言语随着时间流走了。心情变淡，自己不喜欢重复的生活，更不乐于和周围的人们走同样的路。

绿遍心头的不一定是春天。何况我对春天的感觉一向迟钝。我只知晓，自己抬头的一刹那，又要思索什么。

请祝福我吧，这次出发我要走得更远一些。

九歌（节选）

引 诗

睫毛延伸为一片森林。

有美人从眼底幽深处款款而来，带着湘水上五千年的传说。

盼尽芳华，一代又一代，故事的背景都是同样的月色。于是，湘水清兮，美人喜；湘水浊兮，美人泣。

湘水生长着一层层蜕去又再生的别离。

云中君

云神翩跹，所有的古神都望你项背。

跪兮，敬也，在你的博大胸怀下，涌动如蝼蚁。

划破肌肤，撷一缕发为云，洒一滴泪为雨。

动与不动，决定着晴朗与阴郁。

那些叩动不息的头颅，盼望你敞开心门。

香车宝马，载你飞；香火缭绕，送你归。

云中君，弥漫的灰尘扶风而上，迷了你的眼。

困惑之后，你挥袖乱舞。

歌者还在寻路，五千年的期待注入汨罗江水。

湘　君

今夜冷风向南。今夜苍梧之野犹寒。

流动的湘水流动着一江泪，玉玦在梦中飘飘高飞。

随水流逝的爱情是无根的蕙草，伤离别兮，唱响不变的哀调。

今夜苍梧之野犹寒。今夜冷风向南。

九嶷山悲声四起。阴魂不散，阳魂日趋灿烂。

今夜冷风向南。今夜苍梧之野犹寒。

倾听杜鹃的啼叫，湘水上千帆竞渡。

今夜苍梧之野犹寒。今夜冷风向南。

湘夫人

你的爱情没有长出白发。

湘夫人，望夫石顽固如初，你的传说散布开来。

夜色渐深，那个人走进你的灵魂深处。

幽幽怨怨，蕙草丛中种植的那份痴心已然淹没湘水。

没有人说起，湘君会唱情歌。

你的梦里，情歌夜夜彻响，湘君的情思夜夜生长。

斑竹枝，斑竹枝。竹枝的一头点燃了期待，另一头，寒意顿生。

爱情点燃了生命的火焰。

大司命

穿透浓密的乌云，幽林萤光闪闪。

大司命拎着岁月的缰绳，要束缚谁，连着他的前程。

沉重的悲哀有如千斤重担。

漂流的思想有如万缕云烟。

骑上如狗的马，穿上如鹑的衣。颠颠簸簸。

大司命，你在谁的背上贴上封条？在谁的颈上挂一口停止的钟表？

没有思念，你的龙车孤独得只剩下两条辙印。

时间的落叶延伸于凋零的花瓣上。

如果需要北方的璎珞，何劳大驾，让你的随从降临即可。

北方的女儿貌若天仙，天仙培植的玉树照亮黑暗。

少司命

别舞动腰肢，你的脚下荷叶飘飘。

别吐出气泡，你的心中生命孕育。

莫非我的第一声啼哭流着的是你的泪水？你第一眼正凝视着我的依偎。

可是，少司命，谁会送给你第一个后辈？

云神为你起舞，映衬芸芸众生的美丽。

星神为你发光，照亮大千世界的黯淡。

既然你掌管着生儿育女，就请拨开迷雾。

代代相传的正是你的口碑。

东　君

你是镜子，旋转任何角度，都能清除污秽的浊水。

吸干，吸干，吸干。时间是你胯下的骏马。

西山晴，你寓居西山；东山晴，你寓居东山。

你脸上的皱纹是人类祈祷的影像。

你的十个兄弟是嫦娥的情夫。嫦娥的丈夫杀了九个，剩下你格外孤独。

你只有高举孤独升升落落。

你昨夜的冷笑，暗示光明被扼住了喉咙。

没有泪水，你的灵魂化作流萤往复地飞在东西山顶。

人类啊，不要惊惧。你还给他们一个依旧灿烂的梦。

山　鬼

巫山神女呦，情人在何方?

折断世上所有的柳枝，依然望不到郎。

青青蕙草缠住你的心，让沧浪之水濯洗你的爱。

你撕破了又补起，补起又撕破了那段惆怅。

巫山神女呦，爱是一张网。

你是世上最痴情的一条鱼，伤断柔肠。

清清河水映照你起伏的情怀，有人在远处为你勾勒云海茫茫。

梦就在阁楼，绣帘轻薄，一如你的情思。

阵阵风来，花瓣飞舞，旋动着你美丽的模样。

礼　魂

没有长亭古道，没有浅斟低唱。

寂寞的院落到处是秋天。而我满面红光，送你。

闲置案头的几分枯涩，肢解了我的生命。

菊花翘立枝头。眺望窗外的天空，仿佛倾听传来的乐音。

乐音响起，一滴悲伤凋落。凋落之后，香风万里。

抑扬之间，空谷幽兰，弥漫着你的气韵。

企盼，芳华长驻吧。

等待魂魄归来，缤纷的花环清亮于墓畔。

雁南飞的流痕上镶着白发和鸿羽。

没有长亭古道，没有浅斟低唱。

我古典的案几上，点缀着寂寞的幽光。

留别大荒地

一

作别你的万木葱茏，往事更加茂盛起来。

过了一个秋天，又到了一个秋天。

一切依旧是那么遥远，又那么切近。

岁月啊，就是这样随着春草绿了，随着夏荷开了，随着秋风熟了，随着冬雪白了。

二

叩响心灵之约，你告诉我们要去寻找另一片蔚蓝的天空。

阅读这里的庄稼和书本，你种的麦子就要熟了。我们只是一枚青涩的果子，来不及成熟就被风卷走，落在另一块地里，扎下的依旧是你的根。

三

我们陶醉于镜泊湖的悠悠碧水，说那里装点着我们星星般的渴望。

我们感慨于渤海国的斑驳废墟，说那里连接着盛唐气象的诗歌韵脚。

你带着我们走进地下森林，感受自然原始的呼唤。

四

依旧是昔日的那轮太阳。

依旧是昔日的那片月色。

你会渐渐融入我们的记忆中。

几声孤雁就定格了这个深秋。

大荒地，你的喧嚣，你的静默，都会成为我们远行途中不变的风景。

无　题

走了，也就走了。

只剩下这些伤感零七落八地喧哗着。什么？什么都没有了，时间的马蹄嗒嗒地响过去了。

走的时候，没有向月亮打个报告。

连月光都迟到了。

就像你第一次和我约会。你的脚步真轻，不会有人发现什么。什么都没有了。

远处的小径透出的只有一片幽暗。

荒地的蛙鸣这辈子也作古了。

生活真像一架钢琴，黑白键子那么分明，那么分明。我的眼前怎么会有黑白混合的迷雾呢？

脚印一个一个留在那儿了，不用数。岁月掩盖之后，你会揭开的。你把昨天淹在咸菜缸里，总有一天我就着菜吃了。吃了一肚子苦水，呕吐三天三夜，吐出的都是碧绿碧绿的感情。

你会激动地瞩望我归去的身影吗？

走了，也就走了。

再遇见只能把眼睛斜向那思念的墙角。

我是谁

一排风的栅栏

一通电的火焰

一场布满花朵的迷雾

一只翘立枝头低鸣无依的黄鹂

一弯浅浅的瘦月

一轮丰腴浑圆的满月

一堆时而蔓延时而退缩的篝火

一阵凄凉中流溢脉脉温情的细雨

水　阳光　房子

水，多么柔和，多么细腻，让我理不出一丝纹路，
如同上下五千年都剪不断的忧愁。
在水中，我们必须游泳，必须为生命的存在游泳。

一缕一缕的阳光照耀我们的头顶。
从我凝望你的双眼穿射你的内心。
那是一片等待接受的阳光啊！

阳光下，我们穿行于人群中。
寻找房子。房子里堆满粮食。
房子是我们的家园。

水，阳光，房子。
我们爱情的全部。

贫　穷

我高举贫穷，像举起一面旗帜。
破烂的衣衫临风飘动。

祖祖辈辈赤身裸体伐木移山。
嘿呦嘿呦嘿呦嘿嘿呦。
木讷的表情，虔诚的祈祷。
黑压压的一片，在神的面前膜拜。

印　象

是七岁那年，被妈妈的眼泪浸泡着的父亲撕心裂肺的那封遗书吧？

是八岁那年，父亲让我回家，我哭了之后挨了一脚，爷爷便打了父亲的那记耳光吧？

是十一岁那年，班上男同学问一位女同学谁最好，女同学毫不犹豫说出的名字吧？

是十三岁那年，在脑海里问了一遍又一遍，维特为什么自杀的那个困惑的问题吧？

是十七岁那年，一个女孩儿幽深的目光扫过来，送到我怀里的那束粉红色的干枝梅吧？

是十九岁那年，念着一个人的名字醉醺醺地睡去，又迎来的第一个凉风习习的早晨吧？

是二十一岁那年，在鲜花丛中笑语里穿着军装摄下的无可奈何的照片吧？

设　想

把诗歌装入口袋，沉重的分量压弯了腰。

弯腰为桥，你在桥下点燃了篝火。篝火蔓延开来，烧着了我的须发。我的须发在火光的照耀下，渐渐变白。变白的，还有衰老后看到的写诗的纸页。

盼望与你相逢。

楼前的石板路还留着我们的足迹，你逃跑的样子已经画在上面了。

假如角色倒过来，我蹒跚着拂袖而去。你站在那里，目送我离开的背影。

天空是否还会下起一场装饰离别的细雨？

雪

雪纷纷扬扬，交织着中国这个古老而雄浑的意象。

望雪，毛泽东激情勃发。

北国风光开始铺陈，

平平仄仄，错落有致。

毛泽东的眼里，雪在旋舞，中国在旋舞。

片片空白正等待着他。

毛泽东移动脚步，向前走去。

雪纷纷扬扬，密集的枪声让他的心绪如网。

寻觅韵脚，沉思间，他才觉得，窑洞很小。

山向他示威。

原向他吼叫。

他皱紧眉头，把太多的顾虑抛弃，

只是挺直腰板，望雪。

一线阳光从眼底透入。

毛泽东加快了行进的步子，雪地留下一个又一个脚印，

深刻而有韵致。

终于，挥手之间，俱往矣。

雪飘逸着笑声如铃。

他走过的印迹，成为一条永恒的路线。

这时，他高大的身影，在雪中渐去渐远，

直到与雪融为一体。

雪纷纷扬扬，一个世纪的钟声在东方古国缭绕。

余音袅袅，延续不息。

给逝去的青春

——写在同学聚会之前

一

寻梦吗？在七月的夏日。

我知道许多颗心会碰撞起来，一夜无眠。流光如驶，那辆宝马香车停泊在《恋曲 1990》的某个节拍上，定格为离别之际，无数伤心的夜晚。

从那个站点离开，到那个站点相聚。你的还有我的故事已经被盼望点燃。

二十载光阴，如摇曳的流星弹指滑过。多少行走的艰难，多少内心的祈愿，终于通过每个歧路的通道。那一刻彼此的生命藕断丝连，这一刻彼此的心愿一同实现。

我能想象，举杯痛饮的幸福会和泪水融合；我能想象，故地重游的感慨，会和记忆相牵。就是一挥手啊！沿着送别的月色，看看消逝在车站上的背影，从青年到了中年。

二

还记得吗？还记得吗？我们的运动场，闪烁着奔跑者独有的尊严。我们的那个小团队，大家弹起吉他唱起《你的生日》。还记得吗？那段独自奋斗的日子，我们同心协力耀武扬鞭。还记得吗？宿舍的兄弟们，开玩笑直到夜色阑珊。

二十年啊，你有你的痕迹。二十年啊，我有我的苦甘。

许多细节都会从记忆的尘网里，被捞出来下酒，酒过三巡，火眼金睛闪烁的依旧是离别的前言。好在相见容易，距离也不遥远。微信一摇，短信一发，真情会让我们随时相见。

三

好想回到那个年龄，把过去的你我再看上一眼；好想走过那座校园，寻找藏在角落里的青春的容颜。可是，等来盼去，梦依然还在，离别的日子总会很长，青春的故事总是很短。

就让歌声留下吧。我们的大合唱依旧响彻在二十年前的夜晚。

我们欢呼过，我们奔跑过，我们伤心过，我们快乐过。就让同行的寻梦人，了却有过的心愿。

每颗心都有一段经历，每一段经历都有花落花开。故事结束了，又要开始。魂牵梦绕的小小边城啊，这个七月注定属于从远方归来的每一个成员。

终　曲

爱情的影子已经消失了。

爱情的花儿已经结果了。

那么多的故事被忘记，那么多的故事被想起。

想起的随风而来，忘记的随风而去。

你还在看着我，想听我说点什么。

好奇的表情让我诧异，生锈的故事居然还很有趣儿。

远了远了，手拿着酒瓶子呼喊的名字。

远了远了，蓦然间内心生出的悔意。

把视线移开，两个奔跑的孩子多么可爱。

她们背起书包，开始寻找我们的影子。

她们的路上，没有我们的困倦，没有漫山遍野的蒲公英。

她们的路上，有笑声，嬉戏的笑声，延续着校园里未唱完的乐音。

读后感

一

青春期的咏叹已经是二十年前的文字了。

立此存照，让我重写也写不出了。

青春不可复制，稚嫩的言语掩饰不了本真的诚意。

只是自己看着自己，渐渐从陌生熟悉起来，熟悉之后又觉得陌生。

二

熟悉的名字里面有不熟悉的故事。

读人是一次快乐的思想过程。

忧郁的林妹妹和你说话，爽快的王熙凤和你说话。

执着的宋公明和你说话，智慧的诸葛亮和你说话。

有这些人相伴，幸福感油然而生。

三

你还会读读唐诗，读读盛唐气象的诗意书写。

月光下的爱情凄美婉约。

田野里的归人志得意满。

漫步在唐人构建的文化长廊里，赞叹也罢，敬仰也罢，若即若离中感觉梦想的距离渐渐拉近了许多。

学术文字里板好的面孔终于放下了。

你渴望生机勃勃。

你不需要把这些文字填在量化考核的表格里。

四

清晨的操场，你在跑步。

开始有些慵懒，跑着跑着竟然不想停下来。

途中跑特别稳健，你的耐力决定要跑的长度。

可是，你害怕冲刺。

超过或者被超过都太残忍。

那不是你希望出现的瞬间镜像。

五

别忘了，你是歌者。

据说有持灯的使者，他们是人类思想启蒙者。

你没有灯，只能去寻灯。

你是寻灯的歌者，寻找内心燃起的智慧之灯。

你会站在讲台上传道，找可以寻灯的道路。

道路是前人铺好的，你需要导引那些学习走路的人在岔路口站好，做出发的准备。

你不需要避风港，行走的途中会磕磕绊绊。

暗夜无边，拿出手电筒照照。

或者，打开手机的辅助光，让脚下亮一点儿，心就跟着亮一会儿。

六

这样的文字还会写吧。

当心境被污染的时候，把七零八落的文字组合起来。

它们不会成为经典，或者根本就很少有人看见。

你很在意，有些细节正在消逝。

你不在意，有些梦想正在远离。

亭台楼榭还在，玉树琼花还在。

你隐在时间的背面，伴潮落潮起。